KB166658

문호 스트레이독스 DEAD APPLE
©2018 朝霧カフカ·春河35/KADOKAWA/文豪ストレイドッグスDA製作委員会

문호
스트레이독스

Bungo Stray Dogs

DEAD APPLE

문호 스트레이독스 DA 제작 위원회 제작
이와하타 히로 글
간지이 본문 일러스트
문기업 옮김

【목차】

본문 일러스트
간지이

프롤로그

요코하마 뒷골목 사회 역사상 가장 많이 시체가 생산된 88일.
수많은 조직을 휩쓸며 불어닥친 피의 폭풍, 용두 항쟁.
──그 종결 전야.

붉은 보름달이 하늘에 떠 있었다.

마른 잎이 바람을 타고 도로에 떨어졌다.

무겁게 짓누른 공기 아래에서 포트 마피아의 하급 구성원인 오다 사쿠노스케, 일명 오다 사쿠가 잔달음으로 목표 지점을 향했다.

뒷골목에서는 총성이 들렸다. 오다 사쿠 자신도 손에는 권총을 들고, 방심하지 않으며 주변을 둘러보았다.

모퉁이를 나오자, 벽돌로 만든 낡고 지저분한 건물이 눈에 들어왔다. 피의 악취가 떠돌았다.

지긋지긋하군. 오다 사쿠는 작게 한숨을 내쉬었다. 오른쪽을 봐도 왼쪽을 봐도 시체의 산이었다.

시체의 손에는 모두 총이 있었고, 탄피가 대량으로 굴러다녔다. 어느 조직 구성원이 총격전을 펼친 거겠지.

"⋯⋯?"

문득 오다 사쿠의 귀에 걸리는 것이 있었다. 이렇게 암담한 밤에는 어울리지 않는 소리였다.

망설일 틈은 없다.

왔던 길을 되돌아간다는 것도 괘념치 않고, 오다 사쿠는 도로를 달려 '목소리'가 들리는 쪽으로 다가갔다.

도착한 곳에는 옆으로 자빠진 차가 있었다. 차에서 튀어 나온 건지 근처에 사람이 쓰러져 있었다.

빠르게 다가간 오다 사쿠는 총을 홀스터에 넣고, 쓰러진 두 사람을 확인했다.

아마 부부겠지. 남편인 듯한 남자는 가족을 보호하려 했던 듯 그들을 팔로 감싸고 있었다. 무장은 하지 않았고, 옷을 봐도 항쟁에 말려든 일반인처럼 보였다. 눈먼 탄환에 맞은 것인지, 부부는 모두 절명했다.

하지만 부부가 둘이서 지킨 덕에 어린아이만큼은 죽지 않은 모양이었다.

어린 소녀가 크게 울었다. 오다 사쿠가 들었던 소리다.

오다 사쿠는 소녀를 안아 올려 다친 곳이 없는지를 확인했다. 기적적으로 경상만을 입었다. 옷자락에서 흘러내린 손수건에 미숙한 글씨로 '사쿠라'라는 이름이 보였다.

"이런 상황에서 살아 있다니, 운이 좋군."

중얼거림과 동시에 귀에 거슬리는 잡음이 이어폰에서 흘러나왔다. 이어서 절친한 친구가 자신을 부르는 목소리가 들렸다.

〈──오다 사쿠.〉

갑자기 연결된 통신에 오다 사쿠의 눈빛이 날카로워졌다. "다자이, 어디냐."라고 낮은 목소리로 불렀다.

다자이가 빠른 말로 알려 왔다. 〈뭐 하는지는 대충 짐작이 가지만, 어서 도망쳐. 그곳도 곧 위험해질 거야──.〉

지직, 하고 잡음이 섞였다. 또 다른 한쪽에서 통신이 비집고 들어왔다.

〈비켜라, 피라미!〉

다자이와는 다른 새로운 목소리에 오다 사쿠가 시선을 들었다.

그 직후, 등 뒤에서 고속으로 달려온 오토바이가 오다 사쿠를 앞질렀다.

오토바이를 운전하는 사람은 검은 모자가 특징적인 사나이. 조금 전 다자이와 오다 사쿠의 대화에 비집고 들어왔던 통신 상대. 포트 마피아의 간부, 나카하라 추야. 추야는 몸집이 작은 것과는 달리, 난폭하게 스로틀을 돌리며 속도를 높였다. 추야의 인터컴에서 장난스럽고 가벼운 목소리가 들렸다. 다자이였다.

〈하~이, 추야. 적의 사정거리에 들어갔으니, 탄환을 맞고 죽어 줘.〉

"시끄러!"

추야가 다자이에게 고함을 질렀다. 힐끔 시선을 들어 보니, 다자이의 말대로 자신을 노리는 탄두가 보였다. RPG-7——두꺼운 장갑을 꿰뚫는 위력을 지닌 대전차 유탄이었다. 인간이 상대라고는 생각하기 힘들다. 어지간히도 흉흉한 물건을 사용한다.

유탄이 추야를 향해 떨어졌다.

추야는 솜씨 좋게 체중을 이동해 오토바이를 조종, 유탄을 피했다. 아슬아슬할 정도까지 오토바이를 기울인 탓에 오토바이의 페달이 도로에 쓸려 불꽃을 튀겼다. 탄두는 종이 한 장 차이로 추야의 오른쪽 어깨를 스치고 지나가 도로를 폭파했다.

이어서 두 발째. 추야가 첫 번째 공격을 피할 것이라고 예측했는지, 도망치는 진행 방향으로 로켓을 발사했다. 유탄이 추야의 앞쪽에서 폭발했다.

하지만 이것도 추야는 직전에 재빨리 빠져나갔다. 그곳을 또 다른 유탄이 습격했다.

세 번째의 폭발, 폭풍(爆風).

노면이 파이고, 돌멩이가 튀고, 흰 연기가 피어올랐다. 일반적으로는 절대로 도망칠 수 없다. 하지만.

뭉게뭉게 피어오르는 연기 안에서 추야는 느긋하게 오토바이를 내달리며 나타났다.

실제로 유탄의 착탄 지점은 틀림없이 추야의 통과 예정지였다. 첫 번째나 두 번째처럼 장소를 비켜 갈 수가 없었다. 그렇다면 어떻게 하면 좋을까. ──추야는 시간을 비켜 간 것이다.

탄환의 속도를 통해 착탄 순간을 즉시 예상해, 일부러 속도를 줄였다. 그렇게 하면 직격당하지는 않는다. 착탄 후, 폭풍의 충격은 그대로 받지만 추야라면 엔진과 오토바이의 중량을 이용해 억누를 수 있다. 일순간에 탄도(彈道)와 탄환의 속도를 읽어 들이는 관찰력, 동체 시력, 계산 능력, 그리고 레이서 같은 솜씨로 오토바이를 조종하는 날렵함이 있었기에 가능한 일이었다.

화약 연기의 냄새를 맡으면서 추야는 바퀴를 노면에 미끄러뜨렸다.

총기로는 당해 낼 수 없다. 적은 그렇게 생각했는지, 새로운 공격수가 나타났다. 청사 옆에 있는 빌딩 옥상에서 가면을 쓴 남자가 추야를 내려다보았다.

가면을 쓴 남자가 손을 든 순간, 빛나는 천둥번개가 밤하늘을 달렸다.

남자가 손을 내리치자 번개가 추야를 덮쳤다.

"쳇, 빌어먹을 능력자 자식!"

혀를 차며 독설을 하는 추야를 이능력으로 만들어진 벼락이 지면을 깎으면서 쫓아왔다.

차체를 오른쪽으로 기울여 꺾으려고 했지만, 더욱 늘어난 벼락의 빛에 둘러싸였다. 높은 위력, 넓은 범위, 복수(複數)의 공격──. 가면을 쓴 남자는 인간이라고는 생각하기 힘든 강력한 이능력을 지녔다.

벼락의 섬광이 번쩍이고, 지면이 함몰됐다.

흙먼지가 피어올랐고, 추야의 모습도 사라졌다.

벼락이 직격한 듯이 보인, 다음 순간.

연기 안에서 추야의 오토바이가 현청의 벽을 올라가며 달리기 시작했다.

공랭 엔진이 울부짖는다. 바퀴가 벽면에 쓸려 눌러붙는다.

중력에 따라 낙하해야 하는 오토바이는 결코 낙하하지 않는다.

능력자의 전격이 수직으로 올라가는 오토바이를 노렸다. 하지만 추야는 더욱 속도를 올려 그 공격을 모조리 피했다.

현청을 끝까지 올라 옥상에 도착한 추야는 옆 빌딩 옥상에 서

있는 가면을 쓴 남자를 노려보았다. "기어오르고 말이야." 하
고 내뱉고, 엔진을 더욱 고속으로 회전시켰다. 목표는 가면 남
자가 서 있는 장소다.

가면을 쓴 남자가 계속 쏘는 전격을 피하고, 빠져나가, 연결
복도의 지붕을 지났다. 액셀을 늦추지 않고 도착한 옆 빌딩의
벽면을 다시 수직으로 올라갔다!

끝까지 다 올라와 오토바이를 공중에서 조종했다.

타이어가 회전하고 윙윙거리는 소리를 내며 지붕에 착지했
다. 가면을 쓴 남자가 서 있는 곳과 같은 지붕이다.

추야는 기세가 오른 차체를 옥상의 타일에 미끄러뜨리며 속
도를 죽였다. 뒷바퀴와 타일이 서로 쓸려 귀에 거슬리는 소리가
울려 퍼졌다.

스핀하면서 멈춘 오토바이에 가면을 쓴 능력자가 잇따라 전격
을 날렸다. 오토바이의 엔진 부분에 번개가 떨어졌다.

폭발하고 파열되는 소리가 옥상에 울려 퍼졌다.

"……."

격렬한 폭풍은 근처에 있던 다자이에게도 도달했다. 사실 다자
이는 계속 가면을 쓴 남자와 같은 장소에 있었다. 황폐해진 빌딩
옥상에 폭발한 오토바이 부품이 굴러다니는 모습이 보였다.

적에게 붙잡혀 끌려온 다자이의 손에는 수갑이 채워져 있었

다. 양팔에는 붕대, 입매에는 얻어맞은 멍이 있었고, 엷게 피가 번져 있었다. 오른쪽 눈에도 팔과 마찬가지로 붕대가 감겨 있어, 다자이의 표정은 보기 힘들었다.

등 뒤에 선 감시의 눈을 느끼며, 다자이가 몰래 장착한 마이크에 대고 가만히 중얼거렸다.

"벼락에 맞아 죽었으면 재미있었을 텐데."

"죽고 싶냐."

다자이의 시선을 받으면서 폭염을 날려 버리고 추야가 불쾌하다는 듯이 나타났다.

폭파에 말려들었을 텐데, 추야는 상처 하나 없었다.

하지만 다자이는 놀라는 모습도 보이지 않았다. "5분 지각이다." 라고 추야에게 알린 뒤, 등 뒤에 있던 감시원을 발로 차 날려 버렸다. 감시원의 의식이 일격에 떨어져 나갔다.

"덕분에 쓸데없이 세 방 맞았어."

감시원을 쓰러뜨리고 자유로워진 다자이가 너스레를 떨었다.

추야가 입술을 일그러뜨렸다.

"겸사겸사다. 내가 때려죽여 줄까?"

"자네가 죽여야 할 사람은 내가 아냐."

담박하게 말하고, 다자이는 양손의 수갑을 풀었다.

처음부터 일부러 붙잡혀 있었을 뿐이었다. 감시원을 쓰러뜨리는 것도 수갑을 푸는 것도, 다자이에게는 쉬운 일이었다.

여유 있게 걷기 시작한 두 사람 곁으로 가면을 쓴 남자들이 모여들었다. 아무래도 아직 적이 있었던 듯했다.

"쓰레기가 우글우글…….."

"얼른얼른 해치워 버려. 예상 범위 내잖아?"

얼굴을 찡그리는 추야에게 다자이가 귀찮다는 듯이 그렇게 말했다.

"앙?" 하고 다자이에게 화를 폭발시키려는데, 추야는 자신에게 접근하는 능력자의 모습을 깨달았다. 전격을 팔에 두른 가면을 쓴 남자. 조금 전에 추야를 노렸던 상대다.

"……그러고 보니 네놈에겐 빚이 있었지?"

살기를 담은 눈빛으로 추야는 벼락 능력자를 노려보았다.

강한 충격이 옥상을 덮쳤다.

압살.

먼지가 날리고, 가면을 쓴 남자를 포함한 시체가 옥상을 메웠다. ──이능력을 사용한 것이다.

오토바이를 수직으로 올라가게 한 것도, 폭염을 날려 버린 것도, 모두 추야의 이능력을 이용한 것이었다.

추야는 직접 만든 시체의 산에 눈길도 주지 않고, 다자이와 빌딩 내부로 들어갔다. 목표인 남자는 빌딩 안에 있을 게 틀림없었다.

비상계단을 지나 들어간 빌딩 내부는 매우 황폐했다.

복도에는 먼지가 쌓였고, 쥐가 달린 흔적이 보였다. 인기척이 나는 방향을 보니, 넓은 방 구석에 사무용 책상과 선반이 쌓여 있었다. 전화 코드가 끊어졌고, 형광등이 점멸했다. 중요해 보이는 증권 등도 잡다한 서류와 함께 주변에 방치되어 있었다.

방 중앙에는 천막 같은 수상한 공간이 펼쳐져 있었다.

추야 일행이 찾고자 하는 인물은 그 안에 앉아 있었다.

그는 고개를 숙인 채 낮은 소리로 중얼거리며, 불을 피운 양동이에 무언가를 던져 넣었다.

"——손에 들어온다, 손에 들어오지 않는다, 손에 들어온다, 손에 들어오지 않는다……."

꽃잎점 같은 말. 단, 뜯는 것은 꽃잎이 아니라 돈다발과 유가증권. 그에 더해 반짝이는 보석이었다.

"손에 들어온다, 손에 들어오지 않는다, 손에 들어온다, 손에 들어오지 않는다——."

돈다발이 불탔다. 유가증권이 뜯어졌다. 보석이 불꽃에 먹혔다.

다자이가 돌을 보고 중얼거렸다.

"저것들, 전부 진짜 보석이야……. 아, 방금 그거는 5000만."

단단한 소리를 내며 커다란 보석이 장작불에 내던져졌다.

"——……손에 들어오지 않는다."

그게 마지막 하나였던 것인지 남자가 한숨을 내쉬었다.

"이런 점이 아무리 적중한다 한들 전혀 기쁘지 않군. 조직을 편성해 봐도 역시 원하는 것은 손에 들어오지 않는 건가."

남자가 턱 아래에서 깍지를 끼었다. 불꽃이 그 얼굴을 비춘다.

흰 피부에 등까지 흐르는 흰머리. 머리카락 일부는 땋아서 늘어뜨렸다. 아름다운 용모 안의 독살스러운 붉은 눈동자가 인상

적이었다.

시부사와 다쓰히코(澁澤龍彦).

이 남자를 죽이면 용두 항쟁은 종결된다.

모든 재난의 원인이라 할 수 있는 존재를 앞에 두고, 추야가 한 발 앞으로 나섰다. 그리고 조용한 목소리로 말했다.

"……내 동료를 돌려줘라."

그 목소리로 겨우 추야 일행의 존재를 눈치챘다는 듯이 시부사와가 고개를 들었다.

"어서 오게, 따분한 손님들."

시부사와는 무감동한 시선을 내던졌다.

"어차피 너희도 내가 원하는 것을 줄 수 없다……. 어서 죽어라. 그들처럼."

시부사의의 등 뒤에서 천천히 안개가 피어올랐다. 그 발밑에는 무언가가 굴러다녔다.

추야가 그것을 깨닫고 눈을 크게 떴다.

바닥에 굴러다니는 것은 추야의 동료들. 행방불명된 여섯 명 전원이었다.

전원, 동공이 열려 있고, 꿈쩍도 하지 않았다.

이미 절명했다는 것은 명백했다.

시부사와가 고했다.

"너의 친구는 모두 자살했다. 따분한 인간은 죽어도 따분하군."

"이 자식!!"

분노로 눈앞이 보이지 않게 되었다. 추야의 얼굴에 붉은 이능력흔(痕)이 늘어졌다. 강하게 쥔 주먹이 떨렸고, 장갑이 튀어 날아갔다. 드러난 팔에까지 이능력흔은 확대되었다. 날뛰는 마음이 갈구하는 대로, 추야는 이능력을 해방했다.

 바람이 일어나고 추야의 머리카락이 흔들렸다.

 "말리지 마라."

 추야는 짧게 다자이에게 알리고 시부사와와 마주 보았다.

 "이것 참……."

 한숨을 섞으며 다자이가 뒤로 물러섰다.

 " '음울한 오탁' ……이라."

 추야의 이능력이 폭주를 시작했다.

 절규. 포효. 굉음.

 온갖 소리를 내며 통째로 파괴되었다.

 충격파가 대기를 흔들었고, 파편이 포탄처럼 튀었다.

 "――……."

 참담한 양상을 보이는 현장을 멀리서부터 바라보는 남자가 있었다.

 어깨까지 뻗은 흑발과 보라색 수정 같은 눈동자를 달빛이 비췄다. 외투가 바람에 크게 나부꼈다.

 훗, 하며 천진난만한 미소를 흘리고, 정체를 알 수 없는 표정을 짓는 남자—— 표도르는 딱히 들을 사람도 없는 혼잣말을 했다. 섬세한 손가락이 음악을 연주하듯이 공중에 미끄러졌다.

"……너무 즐거워."

총탄이 떨어졌다. 포성이 울렸다. 노면이 파이고 혈진(血塵)이 튀었다.

홍소(哄笑)와 비명이 난무하고, 원망과 한탄의 목소리가 거리를 침식했다.

무수한 목숨을 빼앗고, 엄청난 참극을 낳은 용두 항쟁.

5000억 엔이라는 거금이 계기가 되어 시작된 항쟁은 요코하마 전역을 전장으로 바꾸었다.

어떤 자들은 쌍흑(雙黑)으로서 싸움에 몰두했고, 어떤 자들은 싸움으로 육친을 잃고 길거리를 헤맸고, 어떤 자는 나중에 미아들을 거두기로 한 피비린내 나는 싸움.

그리고 6년 후.

———용은, 잠에서 깨려고 했다———.

제1장

1-1

출항을 알리는 기적이 항구에 울려 퍼졌다.

강한 햇살이 현수교와 해수면에 반사되었다. 바닷바람이 산들거리고, 갈매기가 울음소리를 내며 날아갔다.

멀리서 맑은 종소리가 났다.

근대적인 고층 빌딩과 중후한 벽돌로 만든 건물이 혼재하는 항만 도시 요코하마.

그 요코하마의 거리가 내려다보이는 언덕에서 나카지마 아쓰시는 두리번거리며 무언가를 찾듯이 주변을 둘러보다가, 계단을 내려가는 도중에 문득 멈춰 서서 푸르름에 둘러싸인 묘지를 바라보았다.

"이런 장소가 있었구나……."

아직 몇 년밖에 지나지 않은 것이겠지. 가지런하게 늘어선 무수한 흰 묘비가 태양에 비쳐 오렌지색으로 빛났다. 아쓰시는 감탄과 놀라움을 담아 멍하니 중얼거렸다. 하지만 곧 시야의 끝에 원하던 존재가 있다는 사실을 깨닫고 황급히 다가갔다.

긴 모래색 외투에, 부수수하니 텁수룩하게 흐트러진 머리.

목과 손에 두른 붕대가 인상적인 남자는 묘비에 몸을 기댄 채

멍하니 하늘을 올려다보고 있었다.

다자이 오사무(太宰治). 아쓰시에게 '안식처'를 안겨 준 은인이자, 무장 탐정사의 선배. 그리고 찾고 있던 인물이다.

하지만 아쓰시는 다자이에게 말을 걸기 전에 일단 멈추고, 살짝 무덤을 향해 합장했다.

다자이가 문득 말을 걸었다.

"……누구의 무덤인지 아나?"

조용히 묻자, 아쓰시는 어안이 벙벙한 얼굴로 대답했다.

"아니요……. 하지만 다자이 씨에게 소중한 사람이죠?"

흘끗 묘비로 눈을 돌려 보니, 'S. ODA'라는 문자가 보였다. 그게 누구인지 아쓰시는 몰랐다. 단, 확신이 있었다. 이 무덤에 잠든 사람은 다자이 씨에게 중요한 존재라고.

즉답을 한 아쓰시에게 다자이는 엷게 웃음을 띠며 물었다.

"……왜 그렇게 생각하지?"

"다자이 씨가 성묘하는 모습은 처음 보니까요."

"이게 성묘하는 걸로 보이나?"

장난스럽게 다자이가 말하자, 아쓰시는 눈을 깜빡였다. 무슨 말을 하는 걸까.

확실히 묘비에 머리를 기댄 모습은 일반적인 성묘와는 크게 다르다. 하지만 아쓰시가 보기엔 분명하고 명백했다. 의심의 여자도 없다. 성묘인가, 아닌가. ──당연히 성묘다.

그래서 아쓰시는 질문의 의미를 알 수 없어, 고개를 끄덕이고 대답했다.

"보이는데요……."

솔직한 마음이었다.

한 점의 흐림도 없는 아쓰시의 말에 다자이가 살짝 놀랐다.

이윽고 아무 말 없이 느릿하게 미소 지었다.

다자이는 4년 전의 정경을 떠올렸다.

썩은 양옥집의 광대한 무도실. 먼지와 피투성이였던 장소에서의 기억이었다.

'사람을 구하는 쪽이 돼라……. 둘 다 똑같다면 착한 사람이 돼라. 약한 사람을 구하고, 고아를 지켜라……. 정의도 악도, 너에게는 큰 차이가 없겠지만…… 그편이 다소나마 멋지니까.'

"──……."

친구의 마지막 말을 떠올리고, 다자이는 표정이 사라진 얼굴로 자신의 손을 바라보았다. 그 옆얼굴에서는 감정을 엿볼 수 없었다.

"혹시." 멍하니 무언가를 생각하는 듯한 다자이에게 아쓰시는 말을 걸었다.

"다자이 씨가 좋아하는 사람, 이라든가?"

"좋아하는 여성이었으면 같이 죽었겠지."

"음, 다자이 씨라면 그런가?"

무심코 납득해서 중얼거리자, 어느새 일어선 다자이가 아쓰시 쪽을 돌아보았다.

"방금 뭐라고 했어?"

"아니요, 아무것도…….."

"……친구야."

시선을 피한 아쓰시에게 다자이는 가만히 중얼거렸다. 먼 곳을 보면서 어딘가 감상적으로 말을 계속했다. 다자이가 천천히 아쓰시 쪽을 향해 걸었다.

"내가 포트 마피아를 그만두고 탐정사에 들어오는 계기를 만들어 준 남자지. 이 친구가 없었다면 나는 지금도 마피아에서 사람을 죽이고 있었을지도 몰라."

"네……?"

스쳐 지나가면서 해 준 다자이의 말에, 아쓰시는 당혹스러웠다. 진실인가 거짓인가, 짐작이 가지 않았다. 어떤 의미인가? 말뜻이 궁금해 다자이 쪽을 돌아보았지만, 아쓰시에게는 그 등밖에 보이지 않았다.

아쓰시가 무언가를 말하려던 것보다도 먼저, 다자이가 농담하듯 말했다.

"거짓말이네."

다자이의 뒷모습에서 조금 전까지의 미덥지 못한 기척이 사라지고, 평소와 마찬가지의 가벼운 말투가 들려왔다.

"구니키다 같은 사람의 말을 듣고 나를 찾으러 온 거지?"

말을 듣고 정신이 번뜩 들었다.

"네. 중요한 회의가 있다고 해서요."

원래 아쓰시가 이곳에 온 이유는 그게 이유였다. 구니키다에게는 다자이를 데리고 오라고 엄명을 받았다.

"──패스."

"네에?"

다자이가 등을 돌린 채, 사박사박 걷기 시작했다. 비난하는 듯한 눈으로 좇았지만, 다자이는 뒤를 돌아볼 기미가 없었다.

"조금 새로운 자살법을 시도해 보고 싶어서 말이야."

"또요? 참……."

하늘하늘 손을 흔드는 다자이에게 아쓰시는 어이없다는 목소리를 내고 말았다. 자살 마니아인 다자이가 이렇게 말을 꺼낸 이상, 이제 아무도 말릴 수 없겠지. 한숨을 내쉴 수밖에 없다.

긴 모래색 외투가 하늘거리며 바닷바람에 흔들리는 것이 보였다.

1-2

 몇 시간 후. 아쓰시는 항구에서 그리 멀지 않은 붉은 벽돌로 만들어진 빌딩에 자리한 무장 탐정사로 돌아갔다. 향하는 곳은 회의실이었다.

 중후한 문을 천천히 밀어 열었다. 그다지 넓지 않지만 회의실로는 충분하다. 벽의 한쪽 면에는 커다란 스크린이, 또 다른 한쪽 면에는 화이트보드가 놓여 있고, 단단히 늘어서 있는 긴 책상 주변을 십여 개 정도의 의자가 둘러쌌다.

 낮과 밤 사이를 관리하는 황혼의 무장 집단, 무장 탐정사.

 항만 도시 요코하마에서 관헌만으로는 어떻게 해 볼 수 없는 사건을 해결하는 이능력 집단이다. 그 방침과 결정은 이 회의실에서 만들어진다.

 회의실 입구 근처, 출석자 전원을 볼 수 있는 위치에 앉은 은발의 남성.

 수수한 색상의 옷도 포함해 차분한 분위기를 내뿜었다. 하지만 위엄 있는 분위기도 그렇고, 날카로운 눈빛도 그렇고, 보통 내기가 아니었다. 그야말로 일찍이 '은발 늑대'라고 불린 놀라운 실력을 지닌 무인. 무장 탐정사의 사장, 후쿠자와 유키치다.

후쿠자와의 대각선 뒤에는 사무원인 하루노가 비서처럼 대기하고 있는 모습이 보였다.

붉은 리본 타이와 한 묶음 정도 길게 뻗은 머리카락이 눈에 띄는 구니키다 돗포는 의사 진행을 맡은 것인지, 스크린 앞에 서 있었다. 장신에 딱 맞는 셔츠와 조끼를 입고, 우직한 얼굴로 안경의 위치를 고쳤다.

한편, 이미 자신의 자리에 앉아 대량의 막과자를 책상에 흩뿌린 사람은 에도가와 란포였다.

케이프와 느슨하게 묶은 넥타이, 헌팅캡. 서양의 탐정 소설에 나올 것 같은 양장을 한 그는 천진난만한 언동이 많고, 순진한 실눈에서는 의도를 읽어 낼 수 없다. 하지만 실제로는 탐정사의 핵심이자, 평범한 인간이면서 일순간에 진실을 꿰뚫어 보는 희귀한 두뇌를 소유했다.

란포의 맞은편 자리에 앉은 사람은 요사노 아키코. 어깨 위로 가지런히 자른 머리카락에는 나비 머리핀을 꽂았다. 몸의 선을 따르는 흰 셔츠와 상복 같은 검은 타이, 검은 스커트, 검은 장갑. 아무 말 없이 앉아 있는 모습은 재색을 겸비한 청초한 여성임이 틀림없었다. ……아무 말도 안 했을 때의 이야기다.

늠름한 모습인 요사노와 비교해, 그 옆에 앉은 젊은이의 모습은 미덥지 못했다. 색소가 옅은 머리카락과 피부, 기가 약해 보이는 얼굴. 눈이 큰 니트에서는 연약한 쇄골이 엿보였다. 다니자키 준이치로다.

탐정사의 잡일 담당 같은 일을 해내는 그는 현재, 친여동생인 미소녀, 다니자키 나오미가 아양을 떨어 난처한 표정을 지었다.

　평소와 똑같지만, 다니자키와 나오미의 거리감이 가깝고 관능적인 분위기가 나서 아쓰시는 시선을 피하고 말았다. 하지만 다니자키 맞은편에 앉은 소년, 미야자와 겐지는 전혀 신경이 쓰이지 않는 듯 밝은 얼굴로 옆에 있는 란포와 대화를 나눈다. 밀짚모자에 오래된 작업복. 주근깨가 있는 얼굴에는 붙임성 있는 미소가 떠올라 있었다.

　그런 겐지의 밝은 모습에서 한 발 거리를 두듯이, 하나 자리를 비우고 앉아 있는 사람은 기모노 차림의 소녀. 최근 무장 탐정사에 막 들어온 신입, 이즈미 교카였다.

　꽃장식으로 머리를 두 갈래로 묶은 긴 흑발. 아래로 깔린 긴 속눈썹. 변화 없는 표정. 어딘가 차갑게 보이지만, 그렇지 않다는 사실을 아쓰시는 이미 알고 있었다. 틀림없이 자리 하나를 비운 것도 아쓰시를 위해서이다. 실제로 교카의 시선에 재촉받아 아쓰시는 교카와 겐지 사이에 앉았다.

　이전에는 이능력 『야차백설』과 함께 암살자로서 포트 마피아에 이용되었던 교카도 지금은 완전히 무장 탐정사에 익숙해진 모습이었다.

　후쿠자와, 하루노, 구니키다, 란포, 요사노, 다니자키, 나오미, 겐지, 교카 그리고…… 아쓰시.

　다자이는 없었지만, 남은 사원 전원이 회의실에 모였다.

쟁쟁한 면면에 이제부터 시작될 회의 내용의 무거움을 느끼고 아쓰시는 긴장했다. 대체 무슨 일이 있었던 것일까.

전원이 자리에 앉자 구니키다가 회의실의 조명을 껐다. 스크린에 어떤 거리의 모습이 비쳤다.

벽돌로 만들어진 건물로, 눈길을 끄는 상점이 처마를 잇대고 있는 복고풍 거리 모습. 난잡하지만 노스탤직한 분위기가 떠돌았다. 화면의 가장자리에는 시간과 장소가 표시되어 있어, 심야의 타이완, 디화지에(迪化街)라는 사실을 알려 주었다.

잠시 뒤, 거리에 흐릿한 아지랑이 같은 것이 끼었다. ──안개다.

안개는 서서히, 하지만 착실하게 농도를 높여 거리를 삼켜 갔다.

거리가 안개로 보이지 않게 되었을 때, 영상이 빠르게 회전됐다.

"──이건 3년 전, 타이완의 타이베이 시가지에 있었던 감시 카메라의 영상입니다."

우직한 목소리가 설명했다.

"보시다시피 짙은 안개가 몇 분 동안 단시간에 발생했다가 소실되었습니다. 하지만 이것은 그냥 이상한 기상현상이 아닙니다."

화면 안의 안개가 걷혔다. 영상이 정지되고 새로운 것으로 전환되었다.

찰칵. 딱딱한 소리와 함께 한 장의 사진이 비쳤다. 조금 전과 같은 장소를 접근해서 찍은 것인지, 벽돌 건물 사이의 도로가 화면의 중심을 지났다. 도로 한가운데에는 많은 사람이 모여 무언가를 둘러싸고 있었다.

더욱 접근한 사진이 비쳐져, 그게 무엇인지 확실해졌다.

노면에 납죽 엎드려 새카맣게 탄——.

"이 안개가 소실된 후, 수상한 시체가 발견되었습니다…….이 불탄 시체입니다."

——원래는 '인간'이었던 숯덩이가 그곳에 덩그러니 있었다.

어지간히도 고열에 탄 것인지 도로까지 눌어붙었다. 머리카락이나 옷은 물론, 뼈마저도 남아 있지 않았다. 당연하지만, 용모도 표정도 알 수 있을 리 없었다.

노면에 눌어붙은 사람 형태의 숯을 현지 경찰로 보이는 사람들이 둘러쌌다. 너무나도 끔찍한 영상이었다. 기분이 나빠졌다.

"끔찍해."

자연히 아쓰시의 입에서 목소리가 새어 나왔다. 탄화할 정도로 시체를 태우다니, 제정신이 아니다. 누구의 짓이지?

아쓰시가 눈썹을 찌푸렸고, 모두가 처참한 현장에 입을 닫는 가운데, 란포가 막과자를 오독오독 먹으면서 지적했다.

"이 사람, 이능력자네."

"말씀하신 대로입니다, 란포 씨."

스크린 옆에 서서 설명하던 구니키다 돗포가 확실히 고개를 끄덕였다.

"그 일대에서는 유명한, 불을 쓰는 이능력자였습니다."

구니키다가 리모컨을 조작하여 다음 사진을 비추었다.

"이쪽은 1년 전의 싱가포르."

스크린에 사자 머리와 생선 몸통을 지닌 머라이언 조각상이 비쳤다. 물가에 있는 흰 조각상은 잡지 등에서도 자주 보는 경치였지만, 주시해야 할 것은 머라이언의 등이었다. 남자가 묶여 있었다.

힘없이 늘어진 팔다리. 창백하게 변색된 피부. 무엇보다 온몸에 꽂힌 무수한 카드.

붉은색과 검은색으로 채색된 트럼프 카드였다.

남자가 죽었음은 명백했다.

"역시 짙은 안개가 발생, 소실한 직후에 발견된 변사체입니다. 그는 카드를 다루는 이능력자로, 실력 좋은 암살자였습니다."

구니키다는 담담하게 말하고 손가락을 움직였다. 카드에 베인 남자의 사진이 사라지고, 이번엔 거대한 고드름에 꿰뚫려 절명한 여성이 비쳤다.

"이쪽은 반년 전의 디트로이트. 역시 안개가 발생할 뒤에 발견된 시체입니다."

많은 차가 오가고, 고층 빌딩이 줄지어 서 있는 도시의 중심에서 어째서인지 지면에서 여러 개의 고드름이 튀어나와 있었다. 투명한 창이 된 거대한 고드름은 여성을 높이 들어 올려 공중에서 죽음에 이르게 했다.

구니키다의 목소리가 울렸다.

"짐작하신 대로 이 여성은 얼음을 사용하는 이능력자였습니다."

"즉."

후쿠자와가 입을 열었다.

"불가사의한 안개가 출현한 뒤, 각국의 이능력자는 모두 자신의 이능력을 사용해 죽었다는 거군."

후쿠자와의 말을 듣고 겐지가 구니키다를 보았다.

"이 안개에 무언가 원인이 있는 건가요?"

의문형이었지만, 그것은 확신이었다.

주변을 뒤덮는 안개와 능력자의 시체. 도저히 관계가 없다고는 생각할 수 없었다.

구니키다가 가볍게 수긍했다.

"확인된 것만으로도 같은 사례인 안건이 128건. 아마도 500명 이상의 이능력자가 죽었을 겁니다."

안경을 검지로 밀어 올렸다.

"이능력 특무과에서는 이 일련의 사건을 '이능력자 연속 자살 사건'이라고 부르고 있습니다. ……자살이라고 하니 말인데."

문득 구니키다가 시선을 들었다. 아쓰시의 등에 오싹하고 오한이 달렸다.

──아차. 불길한 예감이 든 아쓰시에게 구니키다가 물었다.

"다자이 그 바보는 어쨌나?"

역시 그 화제였던 건가! 자살이라는 단어를 듣고 떠오르다니, 다자이밖에 없었다.

호들갑스럽게 어깨를 흔든 아쓰시를 보고 옆에 있던 교카가 신기하다는 표정을 지었지만, 신경 쓸 겨를이 없었다. 말하고 싶지 않다……고 생각했지만, 말을 하지 않을 수도 없었다.

아쓰시는 뻣뻣한 얼굴로 구니키다에게 보고했다.

"……새로운 자살법이 생각나셨다나 봐요."

"그 벽창호 자식이!"

아니나 다를까, 구니키다가 큰 소리로 외쳤다. 역시나, 하고 아쓰시는 생각했다. 당연하다. 구니키다는 몇 번이고 다자이가 도망쳐 휘둘리고 있었던 것이다. 그야말로 가여울 정도로.

격노하는 구니키다의 얼굴과 목소리에는 분노가 넘쳤다.

"이러니까 그 녀석은." 이라든가, "더 진지하게 다자이를 데려와라." 하고 화내는 구니키다에게 아쓰시가 야단을 맞고 있는 옆에서, 갑자기 란포가 "그런가……." 하고 작게 말했다.

란포는 뭘 생각한 것인지, 소중하게 가지고 있던 막과자를 휘익휘익 하고 사무소의 금고에 넣었다. 란포의 행동을 본 겐지가 "뭐 하시는 건가요?" 하며 고개를 갸웃했다.

"비밀."

대량의 과자를 금고에 가득 넣으며, 란포는 생글생글 웃었다.

눈을 깜빡이는 겐지와 웃는 란포를 무시하고 다니자키가 눈썹을 모으며 발언했다.

"이 안개에 닿으면 이능력자는 모두 자살한다는 말인가요?"

다니자키의 얼굴에는 불안이 역력히 나타나 있었다.

곧장 옆에 있던 나오미가 다니자키에게 안겨 들었다.

"절대 그런 짓은 못 하게 할 거예요. 나오미를 두고 자살이라니, 용서 못 해요."

도취된 표정으로 나오미는 팔에 힘을 주었다. ……강하게.

"나, 나오미?"

다니자키가 당황하지만, 나오미는 신경 쓰지 않았다. 어째서 인지 뺨을 붉게 물들이며 다니자키를 꽉 죄었다.

"죽겠어, 죽겠어!" 하고 외치는 다니자키의 목소리를 흘려들 으면서, 냉정한 목소리를 낸 사람은 요사노였다.

"그런데, 이 사건이 우리와 어떤 관계가 있는 거지?"

앞에 있는 자료를 보면서 요사노가 물었다.

"우리도 이능력자이니 조심하자, 그런 이야기는 아니잖아?"

요사노의 물음에 아쓰시를 다 야단친 구니키다가 신묘한 표정 을 지었다.

"이능력 특무과가 수사 의뢰를 했습니다."

구니키다가 굳은 목소리로 말했다.

"이 연속 자살과 관련 있을 것으로 생각되는 남자가 이곳, 요 코하마에 잠입했다는 정보를 얻어 우리에게 그 수사 및 확보를 의뢰했습니다."

난이도가 높을 듯한 의뢰에 아쓰시의 등이 곧게 펴졌다. 위험 한 일이 될 것이라고 쉽게 상상할 수 있었다.

딸각, 딸각……. 구니키다가 리모컨을 조작했다.

"……이게 그 남자입니다."

선이 가는 청년의 사진이 비쳤다.

곱슬곱슬한 긴 백발. 흰 피부. 흰 용모 안의 진홍 눈동자가 어 둡게 빛났다.

국적과 이름, 연령 이외의 기록은 모두 불명이라고 적혀 있었다.

"시부사와 다쓰히코, 29세. 알고 있는 것은 이능력자라는 것과 '컬렉터'라는 통칭뿐입니다."

"컬렉터⋯⋯."

겐지가 구니키다의 말을 되뇌는 목소리가 들렸다. 아쓰시의 어깨가 작게 흔들렸다.

컬렉터. 시부사와 다쓰히코.

그 이름에 빨려들어 가듯이 아쓰시는 시부사와의 사진을 응시했다. 가만히 이쪽을 바라보는 듯한 시부사와의 사진. 그런 일이 있을 리 없는데, 눈이 마주쳤다고 착각할 것 같았다.

"⋯⋯."

문득 무언가가 걸리는 것이 있었다. 마음의 깊은 곳에 있는 문 같은 무언가.

──열어서는 안 된다.

어째서인지 그런 예감이 들었다. 하지만 그게 무엇인지도 모른 채, 멍해지고 말았다.

"왜 그래?"

옆에서 들려온 교카의 목소리에 아쓰시는 번뜩 정신을 차렸다.

시부사와 다쓰히코의 사진을 새삼 봐도 조금 전 같은 신기한 감각은 나타나지 않았다. ⋯⋯기분 탓이었던 거겠지.

"……아니, 아무것도 아니야."

아쓰시는 스스로 스스로에게 쓴웃음을 짓고 고개를 가로저었다.

딸각 소리가 나고, 회의실에 불빛이 들어왔다. 단숨에 방이 밝아졌다.

서로의 얼굴이 보이는 가운데 후쿠자와가 알렸다. "무장 탐정사는 이 의뢰를 받아들인다."

사장인 후쿠자와의 말에 전원의 얼굴이 긴장되었다. 아쓰시도 앉음새를 고치고 후쿠자와를 바라보았다.

"이 사건의 직접적인 피해자는 이능력자로, 탐정사 사원 제군의 안전을 지키기 위해서도 하다. 하지만 그 이상으로 이 사건에서는 더욱 큰 재앙을 이 사회에 몰고 올 것이라는 징조가 느껴진다."

더욱 큰 재앙이라는 불길한 말을 듣고 아쓰시는 입술을 꾹 달았다. 그건 있어서는 안 되는 일이다. 결단코 저지해야만 한다. 각오를 다지고 후쿠자와의 말을 기다렸다.

후쿠자와가 날카로운 시선으로 선언했다.

"탐정사는 지금부터 총력을 다해 이 남자의 수사를 개시한다 ──."

1-3

사박. 달빛 아래에서 두 남자가 발소리를 죽이며 걸어갔다.

요코하마 항구에 가까운 창고 거리. 붉은 녹이 떠오른 창고가 몇 개나 늘어서 있었다. 창고 사이에서 보이는 베이브리지의 빛이 주변을 한층 어둡게 느껴지도록 만들었다.

가로등도 없고, 인기척도 없었다. 비밀 회담에 어울리는 쥐 죽은 듯이 고요한 장소에 어깨를 나란히 하며 들어간 사람은 장신에 안경을 쓴 남자와 연약하고 기가 약해 보이는 청년. ──구니키다와 다니자키였다.

"……구니키다 씨, 어떻게 생각하세요?"

다니자키가 걸으면서 조심스럽게 물었다.

"뭐가 말이지?"

"연속 자살이라니, 정말로 가능한 일일까요?"

다니자키의 시선만이 살짝 구니키다를 향해 있었다. 그 얼굴에서는 숨길 수 없는 불안이 떠돌았다.

구니키다는 표정을 바꾸지 않고, 잠시 침묵하더니 굳은 목소리로 대답했다.

"뭐라 말하기 힘들다."

담백하게 말하고 구니키다는 말을 이어 나갔다.

"만약 정신 조작 이능력에 당했다고 하더라도, 그 정도로 강력한 이능력이라고 하면 반드시 국제 수사 기관에 정보가 있을 거다……."

그럼에도 불구하고 현재, 의뢰인인 특무과에서는 아무런 정보도 없었다.

현재의 상황을 정확하게 파악한 다니자카는 한숨을 내쉬고 싶은 기분이 되어 고개를 숙였다.

"이제부터 만날 특무과 에이전트에게 더 자세한 정보를 얻을 수 있으면 좋을 텐데요."

그런 말을 토해내고 다니자키는 구니키다와 함께 발걸음을 재촉했다.

주변은 조용해서 서로의 호흡이 들릴 것 같았다. 보름달인지 유난히 큰 달이 머리 위를 비췄다. 약속 장소는 가깝다.

이윽고 어느 장소에서 두 사람은 걸음을 멈췄다. 창고와 창고 사이에 있는 뒷골목 앞이었다. 구니키다가 소매를 걷어 손목시계를 확인했다.

시간은 오후 7시 59분 45초. 합류 예정 15초 전이다.

만전을 기해 매일 알람을 맞춰 두었기 때문에 틀림없다. 구니키다는 만족스럽다는 듯이 "흐음." 하고 고개를 끄덕였다. 정확하게 예정대로였다. 하지만.

"……? ……없어. 여기가 약속 장소일 텐데……."

구니키다가 중얼거렸을 때.

"구니키다 씨!"

주위에 시선을 돌리던 다니자키가 날카롭게 외쳤다.

긴장감을 품은 모습에 구니키다는 빠르게 고개를 돌렸다. 다니자키가 골목 너머를 보고 있었다.

뭐지? 하고 생각할 틈도 없었다.

골목 끝에 쓰러져 있는 사람 그림자가 보인 것이다.

청결해 보이는 양복. 조금 닳은 구두창. 이완된 팔다리.

그리고 쓰러진 몸 밑으로 펼쳐진 피.

조금씩 조금씩, 피는 원을 그리며 퍼져 나갔다.

창백한 달빛이 선명한 붉은 피에 반사되었다.

"!"

피를 흘린 채 아무 말 없이 쓰러진 남자를 보고 구니키다와 다니자카 두 사람은 즉시 움직였다.

구니키다는 바지에서 권총을 재빨리 빼내고 자세를 낮춰 남자에게 달려서 다가갔다. 동시에 다니자키도 등 뒤에 숨겨 둔 권총을 꺼내 겨눴다.

쓰러진 남자를 사이에 두고 두 사람은 등을 맞대고 권총을 겨누며 주변을 경계했다.

남자가 쓰러져 있는 것을 발견한 후, 전투태세에 들어갈 때까지 두 사람이 필요로 한 시간은 몇 초도 되지 않았다.

신경을 곤두세우고 사람의 기척이 있는지 살피며 구니키다는 쓰러진 남자의 목덜미──경동맥 부근에 손가락을 댔다. 남자의 몸은 따뜻했지만 맥박은 없었다.

아마도 그다지 시간은 지나지 않은 거겠지.

구니키다 일행이 도착하기 몇 분 전에 살해당했다고 생각할 수밖에 없었다.

하지만 주변에는 사람 그림자도 인기척도 없었다.

……범인은 이미 도망친 것인가.

"구니키다 씨?"

다니자키가 확인하듯이 불렀다. 무슨 일이 일어났는가, 하는 물음을 담아서.

구니키다는 겨눴던 권총을 거두면서 말했다.

"특무과의 에이전트다. ……이미 죽었다."

다니자키가 어깨를 떨며 "네?" 하고 믿기 힘들다는 듯 고개만 뒤로 돌렸다.

죽은 남자 옆에 몸을 숙이고 웅크렸던 구니키다는 문득 옆에 '무언가'가 떨어져 있는 것을 발견했다. 가슴 부근에서 손수건을 꺼내 지문을 묻히지 않으려고 '그것'을 손수건 너머로 집었다.

총을 겨누고 있는 다니자키에게는 '그것'이 보이지 않았다. "왜 그러세요?" 하고 불안한 듯 물었다.

구니키다는 다니자키의 물음에 대답하지 않고, '그것'을 든 채 일어섰다.

'그것'은 너무나도 부자연스러웠다.

우연히 떨어져 있는 그런 종류의 것이 아니었다. 오히려 강한 메시지성을 느끼고 구니키다는 살짝 눈썹을 모았다. 범인의 유류품인가?

구니키다의 중얼거림에 다니자키가 총을 내리고 돌아보았다. 구니키다가 든 '그것' 이 눈에 들어왔다.

'그것' 은 피 같은 색을 두른 사과였다.

매끈한 표면이 달빛에 반짝였다. 가짜나 폭탄 같은 것이 아니었다. 틀림없는 그냥 과일이었다.

다만. 익은 사과에는 나이프 한 자루가 꽂혀 있었다.

죄의 맛을 단죄하는 것처럼.

원죄를 상징하는 붉은 구체에 칼날이 파고들었다.

음산하고 불길한 기운이 '그것' 에서 흉흉하게 배어났다.

"그건 뭐죠?"

다니자키의 물음에 구니키다는 고개를 옆으로 저었다. 이것 만으로는 아무것도 알 수 없다.

하지만 범인이 남겼다고 봐도 좋을 것이다. 사과에 꽂힌 나이프는 에이전트를 살해할 때의 흉기일지도 모른다.

하지만 왜 사과인가.

불쑥 흘린 다니자키의 의문에 구니키다는 "내가 어떻게 아나." 하고 초조함을 담아 내뱉었다.

들어 올린 사과에서 신선한 과즙이 뚝뚝 떨어져 지면에 젖은 자국을 만들었다.

―――시작을 알리는 종은 이미 울렸다.

막간 · 1

오래된 재즈가 희미하게 흘렀다.

지하에 있는 가게 안에 창문은 없다. 부드러운 공기, 희박한 조명. 희미한 오렌지 빛이 벽에 늘어선 빈 보틀을 비췄다. 낡은 카운터와 스툴은 깊은 적갈색이 되어 나뭇결의 감촉이 적절하게 길들었다.

깔랑, 하고 기분 좋은 소리가 나더니 잔 안의 얼음이 돌았다.

증류주가 들어간 잔에는 흰 알리숨 꽃이 곁들여져 있었다.

그곳은 일찍이 오다 사쿠노스케라는 남자가 항상 앉아 있던 자리. 놓여 있는 술도 그가 항상 마시던 브랜드인 증류주였다.

하지만 잔을 단숨에 들이켜는 손도, 이제는 없었다. 애초에 잔이 있는 자리에는 아무도 앉아 있지 않았다.

텅 빈 자리에 꽃과 함께 놓인 잔만이 쓸쓸하게 남아 있다.

다자이는 그것을 시야에 넣으면서 자신의 잔을 손에 들었다.

다자이가 있는 곳은 항상 앉던 자리. 오다 사쿠의 옆자리다. 그리고 평소와 마찬가지로 일찍이 옆에 앉아 있던 상대에게 말을 걸었다.

"오늘은 뭐에 건배하지?"

'안고가 올 때까지 안 기다릴 건가?'

──친구의 목소리가 들린 것 같았다.

"⋯⋯."

아무 말도 않고, 다자이는 천천히 잔을 기울였다. 먼 옛날의 대화를 떠올렸다.

몇 년 전. 같은 장소, 같은 자리에서 다자이는 오다 사쿠에게 웃어 보였다.

'그럼 잡담이라도 하지.' 요즘 재미있는 이야기를 들었네, 하고.

"요즘 재미있는 이야기를 들었네."

희미한 조명 아래에서 다자이가 말했다. 항쟁으로 다쳤는지, 아니면 또 새로운 자살법을 시도했는지 붕대를 감은 다자이의 옆얼굴은 표정을 엿볼 수 없었다.

"사과 자살이라고 아나?"

"⋯⋯사과 자살?"

다자이의 말을 듣고 오다 사쿠는 어리둥절하게 눈을 깜빡였다.

여느 때와 같은 바(bar)에서 여느 때처럼 하는 하잘것없는 잡담이었다. 다자이가 조용히 고개를 끄덕였다.

"그래. 사과 자살."

"아…….."

문득 무언가 생각난 듯이 오다 사쿠가 시선을 움직였다. 납득한 듯이 시선을 내리고 호박색 액체가 들어간 잔을 들이켰다.

"신데렐라인가."

깔랑. 얼음이 유리에 닿아 시원한 소리를 냈다.

"신데렐라…….."

예상외의 단어에 다자이는 오다 사쿠의 말을 반복했다. "음~." 하고 곤란한 듯한 목소리를 내더니, 직접 이마를 중지로 톡톡 두드렸다.

"음, 그 해답은 역시 나도 예측하지 못했어."

"오다 사쿠와 이야기하면 정말 질리지 않아." 하고 다자이가 즐겁다는 듯이 천장을 올려다보았다.

오다 사쿠로서는 뭐가 즐거운지 이해할 수 없었다. 그게 또 재미있는지 다자이가 생글생글한 얼굴로 오다 사쿠 쪽을 바라보았다.

"설명하자면."

다자이는 오다 사쿠를 불쑥 들여다보았다.

"독사과를 먹은 사람은 백설공주고, 그 사람은 자살이 아니야."

"그런가. 틀렸군."

장난스러운 몸짓을 하는 다자이를 오다 사쿠는 신경 쓰는 모습도 없이 말끔하게 사과했다. 하지만.

"음……. 아니, 잠깐."

다자이는 입가에 엄지를 대고 갑자기 무언가를 골똘히 생각했다. 왜 그러는지 싶어 오다 사쿠가 그 모습을 보는데.

"──……어쩌면 백설공주는 자살했을지도 몰라."

툭하고 독백하듯이 다자이가 중얼거렸다.

"그 사람은 독사과라는 사실을 알고 깨물었을지도."

"왜지?"

친구가 무슨 말을 하는 것인지 몰라, 오다 사쿠는 이상하다는 듯한 눈으로 다자이를 보았다.

다자이가 계속했다.

"절망했기 때문이야."

익살을 떨듯이 웃으려 했다.

"어머니가 독을 주었다는 절망── 아니."

말을 멈추고 다자이는 무언가를 생각하듯이 멍하니 천정을 올려다보았다. 맑은 목소리로 말을 이었다.

"더 정체를 알 수 없는, 이 세계 자체가 내포하는 절망──……."

술술 말하는 다자이의 모습은 기분 좋게 취한 듯해서 보는 사람의 가슴을 술렁이게 한다.

마치 이 세상 전부를 무시하고 다른 것을 추구하는 듯하다.

"……."

손이 닿지 않는 것을 희구하는 듯한 친구의 모습을 오다 사쿠는 아무 말 없이 바라보았다. 다자이가 슬쩍 웃었다.

"그렇다고 한다면, 재미있겠군."

다자이는 소리 없는 웃음을 지은 채, 속삭였다.

"요즘 재미있는 이능력자를 만났어."

상대를 떠올리고 있는 걸까. 아니면 그 이능력을 떠올리고 있는 걸까.

다자이는 천천히 고개를 숙이고 즐겁다는 듯이 입술을 일그러뜨렸다.

비뚤어진 웃음이 다자이의 입매를 채색했다.

"그 녀석은 사람에게 사과 차살을 시키지."

어딘가 이질적으로 웃으며 다자이는 말했다.

"조만간 요코하마에서도 유행할지 몰라."

"자살이 말인가?"

오다 사쿠가 다자이를 바라본 채 물었다.

"그래." 하고 다자이가 고개를 끄덕이고 오다 사쿠에게 고개를 돌렸다.

"멋지지 않나."

겨우 보인 다자이의 웃음은 어딘가 미숙하고, 천진난만한 어린아이 같았다.

다자이의 진의가 어디에 있는지를 찾으려고 오다 사쿠는 친구를 계속 바라보았다. 하지만 아무리 바라봐도 보일 리가 없었다. 다자이라는 남자는 금방 모든 것을 얼버무린다.

그래서 오다 사쿠는 포기했다는 듯이 고개를 젓고 잔을 들이켠 뒤, 대신이라는 듯이 감상을 흘렸다. 너는 재미있어, 사고(思考)가 빙글빙글 돌지── 라고.

다자이로부터 돌아온 말은 오다 사쿠에게 예상 밖의 말이었다.

오다 사쿠 정도는 아니네만, 하는 웃음이 섞인 말.

의외의 말을 듣고 오다 사쿠는 내심 고개를 갸웃했다. 오다 사쿠는 자신이 재미있는 사람이라고 생각하지 않아서 그 말의 의미를 알 수 없었다. 틀림없이 다자이 나름의 농담이겠지. 그렇게 판단하고 가볍게 흘려버리자고 결정했다. 여느 때의 농담, 여느 때의 가벼운 말이다.

조금 전에 다자이가 보여 준 도취도 위화감도 이미 존재하지 않는다.

그래서 오다 사쿠는 가벼운 말투로, 여느 때처럼 바의 출입구로 고개를 돌렸다.

여느 때의 일상을 반복하듯이.

"안고가 늦는군."

───그것은 이제 돌아오지 않는 과거의 일상이었다.

"……안고는 안 와."

먼 옛날 오다 사쿠가 중얼거린 말에 다자이는 혼자서 대답했다.

그때와는 이미 많은 것이 바뀌고 말았다.

오다 사쿠는 옆에 없고 안고가 나중에 오는 일도 없다. 지금 다자이는 카운터에 혼자였다. 누구를 기다리는 일도 없이, 그냥 호박색 액체를 바라보았다.

　알리숨 꽃을 곁들인 잔 안에서 얼음이 튀는 소리가 울렸다.

　마치 오다 사쿠가 대답을 한 것 같은 타이밍에 다자이는 조용히 말을 꺼냈다.

　오다 사쿠, 자네의 말은 옳아. 그렇게 속삭이고 직접 잔을 손에 들었다.

　"사람을 구하는 편이 확실히 멋지지."

　잔 옆에는 붉은색과 흰색, 두 가지 색으로 채색된 약 같은 캡슐이 있었다. '다만', 그렇게 덧붙이고 싶은 듯 다자이는 말을 이었다.

　"……살아간다면 말이야."

　붕대를 감은 다자이의 손이 캡슐을 향해 뻗었다.

　신중한 동작으로 캡슐을 집고 천천히 입술로 옮겼다.

　달콤한 독사과에 입맞춤을 하는 백설공주처럼.

　독살스러운 붉은색과 깨끗한 흰색이 다자이의 입안으로 사라졌다.

　캡슐을 입에 넣은 다자이가 아쉽다는 듯이 자리에서 일어섰다.

　"그럼 갈게. 오다 사쿠."

　작별을 고하고, 긴 외투의 주머니에서 '무언가'를 꺼내 카운터에 놓았다. 그대로 돌아보지 않고 다자이는 바를 떠났다.

오래된 재즈 소리에 구두 소리가 겹쳤다.

이윽고 구두 소리가 들리지 않게 된 후.

카운터에는 잔과 함께 '그것' 이 남겨졌다.

―――나이프에 꽂힌 붉은 사과가.

죄의 과실(사과)에선 감미로운 부취가 감돌고 있었다.

가게 밖으로 나가자 밤바람이 다자이의 살결을 쓰다듬었다.

벨이 울리며 문이 천천히 닫힌다. 바의 간판, 점멸하는 가로등. 차가운 아스팔트. 잡다한 경치에 다자이는 다리를 내디뎠다.

"다자이 오사무 씨."

다자이의 등으로 무미건조한 목소리가 들렸다.

둥근 안경에 양복 차림. 학자풍의 외모를 한 청년이었다.

사카구치 안고(坂口安吾).

일찍이 포트 마피아의 정보원으로서 다자이나 오다 사쿠와 어깨를 나란히 하며 웃었던 청년. 그리고 실제로는 마피아에 잠입했던 이능력 특무과의 한 명이다.

"아아, 안고. 있었어?"

돌아보지 않은 채, 다자이가 물었다.

"한잔하러 온 건가?"

다자이는 갑자기 나타난 옛 친구에게 놀라는 모습을 보이지 않은 채, 여유마저 느껴지는 미소를 지었다.

한편 안고는 굳은 얼굴로 다자이의 물음에 대답했다.

"아니요, 일하는 중이니까요."

"일?"

"이겁니다."

안고가 말한 동시에 검은 특수 부대의 소대가 십 몇 명, 기척도 소리도 없이 나타났다. 소음장치가 달린 기관단총의 무리가 정확하게 다자이의 심장을 노렸다.

견제라고 하는 안이한 것이 아니었다. 다자이가 무언가 수상한 움직임을 보이면 바로 발포할 생각이었다. 총의 안전장치는 해제되어 있었고, 손가락은 방아쇠에 걸려 있었다.

안고가 굳은 목소리로 물었다.

"시부사와 다쓰히코를 이 요코하마로 불러들인 사람은 당신이죠?"

"——……."

묻는 말에 다자이가 반응했다. 천천히 뒤로 돌아 차가운 눈빛으로 안고를 꿰뚫어 보았다.

포위되어 궁지에 몰린 입장이면서도 다자이의 행동은 매우 침착했다. ……도리어 부자연스러울 정도로.

보잘것없는 먼지를 상대하는 듯한 다자이의 시선. 그것을 받으면서도 안고는 긴장이 배어 나오는 목소리로 추궁했다.

"이 요코하마에서 이능력자의 대량 자살을 낳을 생각입니까?"

비난하는 톤으로 묻는 안고는 눈치채지 못했다.

자신의 등 뒤에 한 명의 그림자가 다가오고 있다는 것을.

그걸 눈치채지 못한 채 특무과의 남자들은 다자이를 둘러쌌다.

그 모습을 보고 다자이가 입술을 일그러뜨렸다. 어린아이의 장난을 조소하듯이 웃었다.

순간, 다자이를 두른 공기가 일변했다.

"나를 붙잡을 수 있다고 생각하는 건가——?"

"!"

정체를 알 수 없는 절대적인 공포에 안고의 등줄기가 얼어붙었다.

수려한 얼굴에서 발해지는 악의. 괴물 같은 기척. 넘치는 위압감과 심연의 어둠.

'이 세상에 있어서는 안 되는 것'. 그 일부를 엿본 듯한 기분이 들었다.

혹독하고 박정한 웃음은 안고가 본 적 없는 부류였다.

이런 다자이는 처음 본다. 이렇게나 잔혹한 기운을 흩뿌리는 다자이는——. 그렇게 생각했을 때에는 이미 늦었다.

안고의 등 뒤에서 불길한 흰 안개가 조금씩 다가붙고 있었다.

제2장

2-1

‘──나가라, 밥벌레 자식아!’

 하늘에 가까이 다가가려고 하는 높은 건축물. 섬세한 조각과
색체가 화려한 스테인드글라스로 채색된, 희고 아름다운 교회.
그 중심에서 아쓰시는 몸을 떨었다.

 공포로 움츠러든 몸은 생각처럼 움직이지 않았다. 차가운 돌
바닥에 엎드려 기는 것이 고작이었다. 왜. 어째서. 의문이 들었
는데, 제대로 머리가 돌아가지 않았다. 핏기가 가신 창백한 얼
굴에 비지땀이 배어 나왔다.

 이곳은 어디인가, 아쓰시는 알았다.

 아쓰시가 자란 시설.

 그리고 오래전에 떠난 장소.

 그런데 왜, 자신은 다시 이곳에 있는 것인가?

 영혼에 새겨진 트라우마로 호흡이 가빠졌다. 다가오는 기척
에 번쩍 고개를 들자, 본 적이 있는 사람들이 아쓰시를 내려다
보고 있었다. 고아원의 직원들이다.

 ‘너 따위는 이 고아원에도 필요 없다!’

내던져진 매도에 아쓰시는 깨달았다. 아아, 이건 내 기억이다, 지나갔어야 할 과거다. 떠올리고 싶지도 않은 고독과 굴욕과 공포의 나날. 하지만.

———떠올리고 싶지 않아? '떠올릴 수 없어' 가 아닌 건가?

문득 눈앞의 경치가 일그러졌다.

직원들의 배후에서 갑자기 문이 나타났다.

장엄하고 중후하며 거룩한 문.

아쓰시의 눈이 문에 이끌렸다. 하지만 열어서는 안 될 것 같은 느낌이 들었다.

처건 절대로 열어서는 안 되는 금단의 문이다.

열어서는 안 된다. 열어서는 안 된다. 열어서는 안 된다———…….

스스로를 타이르는 말만이 떠올랐다.

공포로 몸이 움츠러들고, 떨림이 멈추지 않았다. 왜인지 아쓰시 자신도 이해할 수 없었다.

단지 본능처럼 공포가 마음을 미친 듯 날뛰게 했고, 족쇄를 채웠다.

열어서는 안 된다. 열어서는 안 된다. 열어서는 안 된다.

그 문은 결코 열어서는 안 된다———.

'어딘가 길거리에 나앉아 죽는 것이 세상을 위한 일이다.'

'천하의 어디에도 너의 안식처 따위는 없다.'

주박 같은 말이 성당에 울렸다.

원장의 목소리에 반응한 것처럼 문에서 서서히 안개가 스며 나왔다.

뭐지? 하고 생각한 것도 잠시.

정신을 차려 보니 직원들은 없고, 흰 안개가 아쓰시를 덮쳤다.

아쓰시의 눈동자가 공포로 번쩍 뜨였다.

"!"

안개, 안개, 안개.

새하얀 안개가 시야를 가득 메웠다. 몸을 집어삼켰다.

외치고 싶어도 외칠 수 없었다. 입안까지 안개가 침입해 지배 당한 듯한 기분을 느꼈다. 숨쉬기가 괴로웠다. 호흡을 할 수 없 었다. 안개에 먹힌다. 먹혀서, 죽고 만다―――.

―――눈을 뜬 것은 그때였다.

두 눈을 번쩍 뜨고, 몸을 벌떡 크게 일으켰다.

새카만 공간. 어깨로 거칠게 숨을 쉬면서, 아쓰시는 자신이 어 디에 있는지 순간적으로 알 수 없어 혼란스러웠다. 온몸이 땀으 로 젖어 있었다. 몸에 얇은 이불이 달라붙었다. 천천히 어둠에 눈이 익숙해져 이곳이 어디인지 알아챘다. 사원 기숙사에 있는 자신의 방. 그 벽장 안이었다.

"……꿈, 인가."

아직 호흡은 거칠었다. 하지만 꿈이라는 것을 알자 아주 조금 진정된 것 같았다.

괜찮다. 이제 자신은 고아원에 있었던 때의 자신이 아니다. 무장 탐정사라는 '안식처'에서 동료와 함께 살고 있다. ──옛날과는 다르다.

숨을 내쉬고 있자, 장지문 밖에서 조심스러운 목소리가 들렸다.

"열어도 돼?"

교카의 목소리였다.

"아, 응…….'

고개를 끄덕이자, 벽장의 문이 열리고 흐릿한 빛이 비쳐 들어왔다. 아직 밤은 밝지 않았다. 교카가 전등을 켠 것이겠지. 아쓰시의 얼굴을 잠옷 차림의 교카가 들여다보았다.

"괜찮아?"

"응? 왜?"

"……엄청 힘들어 보였어."

걱정스럽게 교카가 눈을 내리깔았다.

현재, 아쓰시와 교카는 무장 탐정사의 사원 기숙사에서 숙식을 함께했다.

물론 역시나 교카와 같은 방에서 잘 수는 없었다. 그래서 아쓰시는 벽장에서 잤다.

그렇지만 어차피 벽장은 벽장. 문은 얇고, 떠들면 소리도 새어 나간다. 하물며 교카는 솜씨가 뛰어난 옛 암살자다. 이상한 기척을 알아차리는 것 정도는 식은 죽 먹기다.

결과적으로 아쓰시의 목소리 탓에 잠에서 깼고, 걱정을 끼치고 만 듯했다. 언제부터 눈치챈 것인지, 교카의 등 뒤를 엿보니 가지런히 갠 이불이 보였다.

미안한 기분이 들어 아쓰시는 한심하다고 생각하면서도 솔직하게 말했다.

"응, 조금 무서운 꿈을 꿨어."

"!"

아쓰시의 말을 듣고 교카가 불쑥 얼굴을 가까이 댔다.

"자, 잠깐만! 교카?!"

코 앞으로 다가온 교카의 얼굴과 희귀한 잠옷 차림에 아쓰시는 당황했다. 하지만 이어진 교카의 말로, 아쓰시의 마음은 순식간에 식어 버렸다.

교카는 날카로운 눈빛으로 아쓰시에게 물었다. "……그 꿈에 안개는 나왔어?" 하고.

"……어?"

아쓰시의 얼굴에 긴장감이 감돌았다. 어째서인지 기묘한 확신이 있었다. 재촉을 받은 것처럼 벽장을 뛰쳐나가, 아쓰시는 창문을 열어젖혔다.

──흰 안개가 시야를 가득 메우고 있었다.

안개, 안개, 안개. 꿈속과 마찬가지로, 안개가 주변에 자욱이 낀 상태였다.

평소라면 창문으로 보였어야 할 요코하마의 야경도, 안개가 집어삼켜 버린 것 같았다.

이건…… 하고 멍하니 중얼거렸다. 등 뒤에서 교카가 기세 좋게 휴대전화를 여는 소리가 들렸다.

"전화가 안 돼."

짧은 말로 교카가 전달했다.

황급히 아쓰시도 자신의 휴대전화를 찾았다. 분명히 잠자리에 있었을 것이었다. 벽장으로 뛰어서 돌아가 전화를 확인했다. 통화 버튼을 눌렀다. ——연결되지 않는다.

긴급 사태다. 너무 초조한 나머지 벽장 천장에 머리를 부딪치고 말았다. 쿠웅, 하고 둔탁한 아픔이 머리를 휘돌았다. 하지만 웅크리고 있을 틈은 없었다. 꽈악, 머리를 감싸면서도 교카에게 자신의 휴대전화를 보여 주었다.

"……내 것도야."

흰 안개와 연결되지 않는 전화. 이상한 사태에 불온한 예상이 아쓰시의 머리를 스쳤다.

"이능력자가 자살해 버린다는 그 안개인가……?"

아쓰시가 느릿느릿 벽장에서 나오며 중얼거렸다.

창밖을 보고 있던 교카가 아쓰시 쪽을 돌아보았다.

"탐정사로 가자."

"어? 지금? 지금 바로?"

단호한 선언을 듣고 허둥댔다. 시선이 방황하고, 땀이 넘쳤다.

"하지만 아침까지 기다리는 편이 좋지 않아?"

하지만 교카의 표정은 험악했고, 이미 결의한 기색이 감돌았다.

그래도 아쓰시는 포기하지 못하고, 겁먹은 목소리를 쥐어짰다.

"이제 곧 안개가 걷힐지도 모르고———."

깨끗이 단념하지 못한 그 말은, 마지막까지 말할 수가 없었다.

2-2

 우뚝 솟은 고층 빌딩, 거대한 붉은 벽돌 창고, 역사가 있는 시청 청사, 멀리 뻗어 있는 베이브리지……

 흰 안개에 뒤덮인 거리는 묘하게 매우 조용했다. ——사람이 없었다.

 아무리 심야라고는 하지만 쇼핑몰로 번영하는 번화가에도, 관람차가 있는 유원지에도, 바다에 가까운 공원에도, 사람의 모습을 발견할 수 없었다. 단지 흰 안개가 자욱한 이상한 분위기가 있을 뿐이었다.

 그런 안개 낀 거리를 교카는 당당히 걸어갔다. 교카의 뒤를 흠칫거리며 따라가는 사람은 아쓰시였다. 두 사람의 발소리가 돌바닥에 반사되어 들렸다.

 정말 이대로 나다녀도 되는 것일까. 탐정사 사람들의 연락을 기다려야 했던 것이 아닐까. 연락 방법이 없다는 것을 알지만, 아쓰시는 그렇게 생각하고 말았다.

 이능력자를 자살로 몰아넣는 안개. 그 정보가 머리에 어른거려 두려움이 끊이지 않았다. 무심코 양팔로 자신의 몸을 안듯이 앞으로 구부리고 말았다.

왜 교카가 의연한 자세로 나아갈 수 있는가 신기할 정도였다.

"저기~. 교카." 그렇게 말을 걸려던 참에 쾅! 하고 굉음이 울려 퍼졌다.

"!"

무언가 커다란 것이 부서지는 소리.

소리에 반응해 교카가 달려 나갔다. "교카!" 하고 부르며 아쓰시가 뒤쫓았다.

달려간 곳, 모퉁이 너머에는 신호기에 충돌한 자동차가 있었다.

범퍼는 파손되었고, 가드레일에 올라앉아 있었다. 상당한 속도로 충돌한 거겠지.

교카가 차 앞쪽으로 돌아가 자동차 안을 확인했다.

타고 있던 사람들은? 의문과 함께 아쓰시도 교카의 뒤에서 사고 차량으로 다가갔다. 앞 유리에 금이 가 있었다. 하지만 혈흔은커녕, 다친 사람조차 존재하지 않았다. 자동차 안에 사람의 모습이 없었던 것이다. 뒷좌석에도, 조수석에도, 운전석에도.

그럼 누가 사고를 낸 거지? 누가 이 자동차를 엄청난 속도로 달리게 하여, 신호기에 부딪치게 한 거지? ——누군가가 운전을 했을 것이다. 그런데, 왜.

어떻게 된 거지? 무심코 아쓰시의 입에서 목소리가 새어 나왔다. 불길한 예감은 중단될 줄을 몰랐다. 그리고 아쓰시는 문득 시선을 들었다.

그곳에서 본 광경에 아쓰시는 숨을 삼켰다.

"교카……."

메마른 목소리로 불렀다.

아쓰시의 모습을 눈치챈 교카가 마찬가지로 고개를 들고 눈을
크게 떴다.

"!"

아쓰시 일행이 발견한 자동차가 눌려 찌부러진 앞. 간선 도로
에서는 더욱 많은 자동차가 줄지어 대사고를 일으키고 있었기
때문이다.

잇따른 추돌 사고. 연쇄. 폭발. 다양한 말이 아쓰시의 뇌리에
난무했다. 수십 대의 자동차가 서로 부딪쳐, 구겨진 채로 도로
안쪽에 엉겨 붙어 있었다. 마치 부서진 장난감 같다. 뭉게뭉게
검은 연기가 몇 개나 피어오르는 모습이 보였다. 이렇게 큰 규
모의 사고는 본 적이 없다. 너무나도 비참한 상황에 아쓰시는
버티지 못하고 달리기 시작했다.

무슨 일이 벌어진 것인가. 살릴 수 있는 사람은 있는가. 확인
하기 위해, 형태가 무너진 자동차로 달려가 차 안을 점검했다.
하지만――― 사람은 없었다.

어떤 자동차에도, 도로 어디에도, 사람의 모습은 존재하지 않
았다. 교카가 돌아다니며 봐도 마찬가지였다.

애초에, 이렇게 큰 사고가 났는데, 경찰이나 구급차를 부르지
않았다는 것도 부자연스러웠다.

교카와 눈을 마주치고 두 사람은 주변을 이리저리 뛰어다녔
다.

샛길, 파출소, 패스트푸드 가게의 안.

어디에도, 불빛은 있는데 사람이 없었다.

먹다 만 식사 옆에는 조금 전까지 누군가가 만졌을 휴대전화가 떨어져 있었다. 옆자리에 놓인 커피에서는 김이 올라오는 게 보였다.

마치 갑자기 거리에서 모든 사람이 사라져 버린 듯했다.

생각해 보면 아쓰시 일행은 기숙사를 나온 뒤로 계속 사람의 모습을 보지 못했다. 이상하다고는 생각했다. 하지만 이 정도일 줄은 예상하지 못했다.

흰 안개가 두둥실 떠올라 폐허처럼 거리를 감추었다.

오한이 아쓰시의 몸을 타고 올라왔다. 현실이라고는 생각할 수 없었다.

거리에서 인간을 지워 버리다니, 그런 말도 안 되는 능력이 있을 수 있을까? 하지만 없다고는 단언할 수 없었다. 몇백만이라는 인간이 순식간이 사망하고, 대지를 잿더미로 만들어 버리는 이능력 병기를 본 적이 있기 때문이다. 그렇다면 이게, 안개의 ──'컬렉터'의 이능력인가? 이 거리에 무슨 일이 생긴 걸까.

어딘가에서 어린아이의 우는소리가 들려온 것 같았다.

귀를 기울인 아쓰시가 들은 것은 예상하지 못한 목소리였다.

───나가라, 밥벌레 자식아!

허공에서 목소리가 내던져진 듯한 기분이 들어 아쓰시의 몸이 경직되었다.

어떻게 된 거지? 들릴 리가 없는 원장의 목소리. 대체 어떻게 어디에서 들리는 것인가. 용기를 쥐어짜서 시선을 들고 주변을 보았다. 하지만 아쓰시와 교카 이외의 사람 그림자는 없었다. 당연히 원장도 없었다. 환청이었으면 하고 바랄 새도 없이 등 뒤에서 기척이 느껴졌다.

힘껏 뒤돌아보았다.

———천하의 어디에도 너의 안식처 따위는 없다———.

하늘하늘 안개가 자욱이 끼어, 원장의 모습이 안개에 비쳤다. 마치 꿈을 재현한 듯하다.

이건…… 큰일이다. 위험하다고, 방어 본능이 호소했다.

"교카."

순간적으로 등 뒤에 있는 교카를 불렀다.

교카가 태세를 갖추고 날카로운 목소리로 중얼거렸다.

"……강한 살기가 느껴져."

그리고 눈을 부릅뜨더니, 한 점을 바라보며 달려가기 시작했다.

"!"

교카의 이름을 부르고, 아쓰시도 그 뒤를 쫓았다. 아주 잠깐만 시선을 돌려 확인했다. 원장이 보였던 장소에는 이제 아무것도 없었다. 평탄한 도로와 빌딩 무리가 무미건조하게 늘어서 있을 뿐이었다.

그건 뭐였던 거지……?

생각해 봐도 알 수 없다. 아쓰시는 떨쳐 버리듯이 교카의 뒤를 쫓았다.

요란하게 뒹군 한 대의 자동차. 도로를 분단하는 상태의 차체에는 끈적하게 붉은 피가 달라붙어 있었다. 바퀴에, 도로에, 도랑에, 대량의 피가 튀었다. 안개가 자욱한 도로 안쪽에는 무언가를 질질 끌었는지 지면에 쓸린 핏자국이 이어져 있었다.

교카가 달려간 곳에 있던 것은 그런 현장이었다.

"피다……."

농밀한 피 냄새에 아쓰시는 눈썹을 찌푸렸다. 토할 것 같았다. 피의 양으로 봐서 개나 고양이는 아닐 테지. 틀림없이 사람이다.

이것도 이능력으로 인한 자살? 하지만 시체가 없다…….

두려워하면서도 의문스럽게 생각하는 아쓰시의 옆에서 교카는 냉정하게 피웅덩이를 관찰했다. 도로 안쪽으로 이어지는 혈흔을 눈치챘을 때, 콰득, 콰득 하는 소리가 들렸다.

혈흔이 이어지는 안쪽, 안개 너머에 '무언가'가 있다.

오싹, 아쓰시의 온몸에 소름이 끼쳤다.

'무언가'는 단단한 것을 깨고 있는 듯했다.

마치, 뼈를 부러뜨리고 부서뜨리는 듯한 파쇄음.

뚜욱, 우득. 불온한 낌새가 안개 안쪽에서 느껴졌다.

틀림없이 '무언가'를 만나면 그냥은 넘어가지 못한다. 주저하듯 아쓰시의 다리가 얼어붙었다.

아쓰시의 옆에서 교카가 망설임 없이 걷기 시작했다. 혈흔이 이어지는 곳을 향해서였다. 몇 걸음 늦게, 아쓰시는 황급히 교카의 뒤를 쫓았다. 망설일 여유는 없었다.

혈흔은 도로를 가로지른 곳에 있는 빌딩 입구로 이어져 있었다.

입구 앞은 조명이 들어오지 않는지, 어두워서 아무것도 보이지 않았다. 어둠 속에서 여전히 콰득, 우득 하는 파쇄음이 들려왔다. '무언가'는 빌딩 안에 있다.

'무언가'의 정체는 모른다. 아쓰시 일행의 상상대로 인간의 피를 흩뿌리고, 지금도 그 뼈를 부수고 있다면, 상당한 전투력을 지니고 있을 게 틀림없다. 그것도 이만큼이나 잔혹한 살육을 보면 결코 방심할 수 없는 상대다. 능력자인가, 아니면 다른 사람인가. 긴장하면서 아쓰시는 망설임 없이 나아가는 교카의 뒤를 쫓아갔다.

기숙사를 나온 뒤로 교카의 뒤를 쫓아가기만 했다는 자각은 있었다. 단, 고아원에 있었던 때의 꿈도 그렇고, 불길한 안개도 그렇고, 정체불명의 살육자도 그렇고, 모든 것이 두려워서 어쩔 수 없었다. 자신이 겁이 많고 의지가 약하다는 사실을 자각하면서도 그것을 억누를 방법을 몰라, 아쓰시는 불안에 떨면서 걸음을 내디뎠다.

빌딩에 돌입하려고 했는데 살기가 세차게 쏟아졌다.

짐승이 으르렁거리는 소리가 들렸다.

"!"

아쓰시와 교카가 태세를 갖췄다.

어둠 속에서 짐승의 눈동자가 빛났다.

크르르르릉! 사납게 으르렁거림과 함께, 짐승이 어둠 속에서 튀어나와 빌딩과 빌딩 사이를 뛰어서 이동했다. 너무 빨라서 짐승의 그림자밖에 보이지 않았다. 알 수 있는 것은 그저 크다는 것뿐이었다.

"……!"

짐승이 아쓰시를 덮쳤다. 예사가 아닌 속도. 간발의 차이로 아쓰시는 피했다. 아슬아슬했다. 솔직히 운이 좋았다. 다음에 똑같은 공격을 당하면 아쓰시는 피할 자신이 없었다.

——큰일이야. 새삼스럽게 아쓰시의 등으로 식은땀이 주르륵, 하고 흘렀다.

순식간에 짐승이 아쓰시를 스쳐 지나가 그 전모는 알 수 없었다. 정신을 차렸을 때에는 지나간 후이니, 어쩔 수 없었다. 눈으로 좇는 것조차 할 수 없는 것이다.

아쓰시가 공격을 피하자 짐승은 다시 빌딩을 뛰어올랐다. 조금 전과 마찬가지로 아쓰시와 교카를 향해 뛰어들어 왔다. 이대로는 살해당한다——!

도저히 당해 낼 수 없는 힘을 떨치는 짐승을 보고 두려움으로 떨 것 같았다. 하지만 꾹 참고 아쓰시는 짐승에게 대비했다.

틈을 보일 수는 없다. 멍하게 있다가는 도로에 흐르는 피의 주인과 똑같이 되어 버린다. 옆을 보지 않아도 교카가 같은 생각을 하고 있을 거라는 사실을 아쓰시는 느낄 수 있었다. "가자." 하고 교카에게 소리쳤다.

정체불명의 검은 짐승을 쓰러뜨리기 위해, 아쓰시와 교카는 서로에게 외쳤다. 자신의 칼날인 이능력을 불러냈다.

"이능력, 달빛 아래의 짐승!"

"이능력, 야차백설!"

자신의 몸을 호랑이로 변하게 하는 아쓰시의 이능력, 달빛 아래의 짐승.

검을 든 무시무시한 환영인 야차를 구현하는 이능력, 야차백설.

양쪽 모두 강력한 공격력을 지닌, 적을 섬멸하는 강력한 이능력이다. 하지만──.

───아무 일도 일어나지 않았다.

아쓰시는 호랑이로 변하지 않았고, 야차백설도 나타나지 않았다. 전혀 반응이 없었다.

"아니……?!"

무의식중에 아쓰시는 말을 잃었고, 교카도 눈을 휘둥그렇게 떴다. 이런 이변은 처음이었다.

하지만 두 사람이 놀란 사이에도 정체불명의 짐승은 포효하며 습격해 왔다.

"!"

교카가 아쓰시의 팔을 꽉 붙잡았다. 그대로 손을 당겨 달리기 시작했다.

콘크리트와 철과 돌. 시간이 멈춘 듯한 무기물로 된 거리를 아쓰시는 교카에게 이끌려 달렸다. 등 뒤에서 굉음과 흰 연기가 피어올라, 그 짐승이 도로나 자동차에 몸통 박치기를 하면서 쫓아온다는 사실을 알 수 있었다.

충격에 아스팔트가 갈라지고, 흙먼지가 피어올랐다. 작은 자갈이 등에 맞는 것을 느끼면서 두 사람은 도망쳤다.

자동차를 바리케이드 대신 삼아 도망쳐도. 좁은 골목으로 들어가도. 방향을 급히 변경해도.

수수께끼의 짐승은 자동차를 쳐내고, 빌딩을 날리고, 재빠른 움직임으로 쫓아왔다. 돌아서 왔다.

공중으로 날아오른 자동차가 대파되었고, 빌딩의 벽이 성대하게 무너져 흰 연기를 피어오르게 했다.

도망쳐도 도망쳐도, 짐승은 아쓰시 일행을 포기하지 않았다. 집념이 강하게 쫓아왔다. 압도적인 힘과 속도에 두 사람은 손쓸 방법이 없었다. ——양쪽 모두 이능력을 사용할 수 없으니까.

헉, 헉, 헉, 헉. 숨을 헐떡이며 아쓰시는 달렸다. 붙잡혀서는 안 된다. 붙잡히면 살해당한다.

호흡하기가 괴로워도, 심장과 폐가 터질 것 같아도, 다리의 근육이 찢어질 것 같아도, 멈춰서는 안 됐다. 뇌에 산소가 돌지 않아 현기증이 날 것 같았다. 언제까지 도주를 계속해야 하는 걸까. 바로 뒤에서 짐승의 숨소리가 들리는 착각이 들어, 비지땀이 흘렀다. 파괴하는 소리가 점점 가까이 다가오는 것 같은 느낌이 들었다. 마치 사신(死神)의 발소리다.

무섭다. 죽는 것은, 살해당하는 것은, 무섭다. 순수한 공포가 아쓰시의 전신을 지배했다.

불과 조금 전에 아쓰시 일행이 밟고 넘어간 자동차가 짐승에게 날아가 불타올랐다.

짐승의 포효가 들리고, 충격풍이 아쓰시 일행의 머리카락을 말아 올렸다.

빨리, 더 빨리 도망치지 않으면———.

"———!"

달려간 곳의 모퉁이에서 아쓰시는 무언가에 다리가 휘청거렸다.

"아~으!"

얼빠진 목소리가 교차로에 울려 퍼졌다.

2-3

자신의 다리를 휘청거리게 한 존재를 보고 아쓰시는 눈을 크게 떴다.

"구니키다 씨?!"

아쓰시가 기세 좋게 부딪쳤기 때문인지, 교차로에서 웅크리고 있는 키가 큰 남자의 한 묶음 정도 기른 머리카락이 흔들렸고, 안경을 쓴 얼굴은 불쾌하게 찡그렸다. 틀림없다. 구니키다다.

사람이 사라진 거리에서 겨우 만난 상대. 그것도 여러모로 의지가 되는 탐정사의 선배다.

"……아쓰시인가."

고통스럽게 중얼거리는 구니카의 옷은 피로 더러워져 있었다. 그것도 오른팔과 왼쪽 옆구리의 두 곳. 특히 왼쪽 옆구리에서 넘친 피는 많은 모양으로, 검붉어져 있었다. 아픈 것인지 옆구리를 누르고 있다.

"그 상처!"

아쓰시는 구니키다의 상처를 들여다보려고 마주 보고 웅크렸다.

"총에 맞은 건가요?!"

"총알은 빠져나갔으니, 문제없다. 그보다."

구니키다가 진지한 얼굴로 말했다.

"연속 자살을 한 이유를 알았다."

"네——?!"

구니키다의 말을 듣고 아쓰시는 눈을 크게 떴다. 옆에 있는 교카도 신경을 곤두세웠다는 사실을 알 수 있었다.

하지만 그다음을 재촉하기 전에 근처에서 파괴음이 울렸다. ——그 정체불명의 짐승이다. 도망친 아쓰시 일행을 벌써 따라온 거겠지.

쿵! 강한 충격과 함께 근처에 있던 자동차의 보닛에 짐승이 내려섰다. 안개에 차단되어 짐승의 모습은 형체밖에 보이지 않았지만, 유연하고 커다란 몸과 네 개의 다리, 활처럼 휜 꼬리가 드러났다.

"……!"

구니키다가 궁지에 몰린 듯이 얼굴을 일그러뜨렸다. 아쓰시 일행이 설명하지 않아도 짐승이 아쓰시 일행을 노리고 있다는 사실을 알고 있는 듯했다.

침착한 눈으로 구니키다는 짐승을 주시했다. 짐승이 내려선 자동차 옆에서 부서진 신호기가 파직파직 하는 소리를 냈다. 누전되고 있었다.

직후, 구니키다가 허리에서 권총을 빼내 재빨리 발사했다.

연속으로 발사된 세 발의 총알은 짐승이 내려선 자동차의 연료탱크를 꿰뚫었다. 탱크에서 휘발유가 분출되어 도로에 흘렀다.

휘발유의 인화점은 마이너스 40도 이하. 정전기 등의 불꽃으로도 쉽게 인화한다. 덤으로 휘발되어 발생한 휘발유의 증기 연소 범위는 넓다. 농도가 어느 정도 옅어도 연소하는 것이다. 수십 센티미터 떨어져 있다 해도, 대기보다 비중이 높은 휘발유 증기는 아래로 흐르고, 연소 가능한 상태에서 불꽃과 접촉 가능하게 된다. 필연적으로 증기가 미치는 넓은 범위에서 급격한 연소가 일어난다. ──즉, 폭발한다.

"아." 하고 아쓰시가 생각하는 사이에, 신호기에서 새어 나온 전기가 불꽃이 되어 휘발유를 인화해 대폭발을 일으켰다.

엄청난 폭발음과 함께 눈앞이 오렌지색으로 물들었고, 열풍이 거칠게 불었다. 오렌지색의 불꽃과 흰 연기가 확대되었다.

"도망치자!"

구니키다가 고함쳤고, 교카가 달리기 시작했다. 폭발에 기가 꺾이면서, 아쓰시도 서둘러 발을 내디뎠다.

좁은 통로에는 지저분하고 굵은 통풍관이 기하학 모양을 그리며 천장과 벽을 뒤덮었다. 먼지가 섞인 공기가 정체하고, 조명도 거의 없었다. 뒷골목이라고 해야 할 어둑어둑한 장소였다.

아쓰시 일행은 소리를 내며 금속질의 바닥을 달려, 통로 안쪽의 쪽문으로 나아갔다.

구니키다가 경계해 주는 사이에 아쓰시는 교카를 먼저 쪽문 너머로 보냈다. 이어서 자신도 지나가고, "구니키다 씨, 어서 요." 하고 재촉했다.

세 사람 모두가 쪽문을 지나고, 금속으로 만들어진 격자 모양의 문을 내렸다. 통로는 좁아, 아까 본 짐승이 지날 수 있을 거라고는 생각하기 힘들었다. 격자 모양의 금속 문은 사람은 부술 수 없는 강도였다. 틀림없이 이것으로 쉽게는 뒤를 쫓아오지 못한다.

철컹 닫히는 금속 문 소리에 안심이 된 것인지, 아쓰시는 뒤에서 달려오던 구니키다의 자세가 무너졌다는 사실을 깨달았다.

"구니키다 씨!"

사실은 통증으로 서 있을 수 없을 정도인지도 모른다. 아쓰시는 곧장 구니키다의 곁으로 달려가 시선을 맞추고 웅크렸다.

"……."

무언가를 깨달은 것처럼 교카가 혼자 아무 말도 하지 않고 앞으로 달려갔다.

"교카?"

아쓰시에게는 교카가 무슨 생각을 하는지, 왜 혼자서 먼저 나아간 것인지 몰랐다. 뒤쫓아 가려고 했는데, 구니키다의 신음 소리가 들려서 단념했다. 교카에게는 교카의 생각이 있겠지. 맡겨둬도 문제없다. 교카는 신뢰하고 있다. 그것보다도 지금은 중상을 입은 구니키다가 걱정이었다.

"괜찮으세요? 무슨 일이 있었던 거죠?"

탐정사 안에서도 실력이 좋은 구니키다가 이 정도로 다치다니, 예삿일이 아니었다.

걱정하는 아쓰시에게 구니키다가 시선을 맞췄다. 절박감이 떠도는 구니키다의 시선이 안경 너머의 아쓰시를 향했다.

"자신의 이능력에 당했다⋯⋯."

―――어?

아쓰시는 눈을 부릅뜨고 경직되었다.

순간적으로 머리가 이해하지 못했다.

"⋯⋯자신의, 이능력에?"

잠긴 목소리로 아쓰시가 반복했다.

구니키다의 등 뒤에서 굳게 닫혀 있어야 할 문의 여기저기가 부서졌다.

눈부시게 번뜩이는 검이 보여, 토막이 난 것임을 깨달았다.

"!"

구니키다와 아쓰시가 숨을 삼켰다. 그것은 아무도 들어올 수 없다고 안심했던 금속 문이 순식간에 부서졌기 때문이 아니었다. 토막이 난 문 너머에, 알고 있는 모습이 보였기 때문이었다.

―――야차백설.

가면을 쓴 얼굴과 흰 기모노, 긴 머리카락을 나부끼는 검사.

교카의 이능력인 야차백설이 지금 아쓰시 일행을 습격하고 있다.

그 이마에는 본 적이 있는 붉은 결정이 빛났다.

"대체 무슨⋯⋯." 하고 외칠 틈도 없었다. 동시에 야차백설이 나타난 곳의 반대 방향, 아쓰시 일행이 나아가려고 한 곳에서 자동차의 급브레이크 소리가 들려왔다. 보니, 마지막 금속 문이 열린 그 너머의 골목에 차량이 한 대 멈춰 서 있는 것이 보였다. 차량의 문은 활짝 열렸고, 운전하는 소녀가 보였다.

"어서 타!"

운전석에서 목소리를 높인 사람은 교카였다.

"달려라, 아쓰시!!"

구니키다가 온몸으로 외쳤다. 기회를 놓칠 수는 없었다.

"……!"

들은 대로, 아쓰시는 반사적으로 달리기 시작했다.

아쓰시를 엄호하기 위해 구니키다가 야차백설에게 총을 쐈다. 총성이 울리고, 야차백설이 총알을 자르는 소리가 들렸다.

신경 쓰이는 점은 많다. 그래도 지금은 정신없이 달려, 아쓰시는 구니키다와 함께 교카가 운전하는 자동차에 올라탔다.

아쓰시 일행이 자동차의 문을 닫자마자, 교카는 자동차를 발진시켰다.

급발진한 자동차는 엔진에게 휘둘리는 것 같으면서도 안개 속으로 돌진했다.

아쓰시 일행이 도망쳐 자동차가 안개로 보이지 않게 된 후.

남은 야차백설은 자동차가 떠난 방향을 조용히 응시했다.

이마에 있는 붉은 결정이 불길하게 번뜩였다.

2-4

사람이 없는, 시간이 멈춘 듯한 밤의 거리를 자동차 한 대가 난폭하게 달려 나갔다.

한계까지 속도를 내고 있어서인지, 커브를 꺾을 때마다 귀에 거슬리는 소리를 냈고 차체가 크게 흔들렸다. 그래도 속도를 늦추지 않고 질주했다.

교카가 운전하는 그 자동차의 조수석에는 총상을 입은 왼쪽 옆구리를 누른 구니키다가 앉아 있었다.

"구니키다 씨."

뒷좌석에 앉은 아쓰시가 말을 걸었다.

"조금 전에 말한 연속 자살의 원인은……."

"……이능력자는 자살한 게 아니다."

억누른 목소리로 구니키다가 말했다.

"자신의 이능력한테 살해당한 거다."

"………."

자신의 이능력에 살해당했다. 믿기 힘든 말을 듣고 아쓰시도 교카도 침묵을 지켰다.

하지만 거짓말이라고 단정할 수는 없었다.

무엇보다 아쓰시 일행은 조금 전에 야차백설을 봤기 때문이다.

게다가——…….

아쓰시 일행을 덮친 크고 흉포한 짐승.

말도 안 된다고 생각해, 생각해 보지도 않았다. 하지만 그건, 설마——.

……호랑이, 였던 건가?

호랑이가 자신을 죽이려고 하는 건가?

실제로도 달빛 아래의 짐승은 사용할 수 없었다.

언제부터인지는 모르지만, 이미 호랑이는 아쓰시에게 분리되어 있었던 거겠지.

이런 일이 벌어지다니…….

침묵하는 아쓰시 일행에게 구니키다가 말했다.

"일단 서둘러라. 탐정사로 간다."

안개에 둘러싸인 붉은 벽돌로 만들어진 빌딩 안. 무장 탐정사의 내부는 아무도 없고, 참혹한 상태였다.

"우와…… 이게 뭐야…….”

눌려 찌부러진 로커, 쓰러진 가구, 깨진 조명, 누군가에게 얻어맞은 것처럼 함몰된 책상……. 서류나 파편이 흩어져, 발을 디딜 곳도 없었다. 며칠 전에 사원 대부분이 모였던 회의실도 마찬가지였다. 긴 책상은 부서졌고, 쓰러졌고, 이리저리 흩어진 의자 위에 모니터가 떨어져 있었다. 엉망진창이다. 멀쩡한 것이 보이지 않았다.

격렬한 전투 흔적에 아쓰시가 당황해하는데, 구니키다가 재촉했다.

"사장실이다."

아쓰시와 교카는 고개를 끄덕이고 통증과 출혈로 신음하는 구니키다를 부축하며 사장실로 향했다. 도중에 커튼이 찢어지고 선반이 너덜너덜해진 의무실이 보였다.

──의무실에서도 전투가 있었던 건가. 보면 볼수록 탐정사에 남은 습격의 흔적은 심각해 아쓰시의 가슴이 술렁였다. 다른 사원을 아무도 발견할 수 없다는 것도 불길한 상상에 박차를 가했다.

하지만 반대로 말하면 누군가의 시체를 발견한 것도 아니었다. 자신과 달리 경험이 풍부한 선배 사원들이라면, 틀림없이 자력으로 어떻게든 했을 것이다. 그것보다 지금 할 수 있는 일을 해야 한다. 그렇게 자신을 격려하며, 아쓰시는 서둘러 사장실을 향했다.

사장실도 역시 다른 방과 마찬가지로 서류나 쓰러진 가구가 흩어져 있었다. 평소의 평온함은 눈곱만큼도 느껴지지 않았다.

구니키다가 아쓰시 일행의 손을 흔들어 떼고 실내로 달려 들어가, 사장의 책상을 힘껏 발로 찼다. 중후한 마호가니 책상이 날아가 버렸다.

"구니키다 씨?!"

놀라서 보는 아쓰시 앞에서, 구니키다는 가슴 근처에서 탐정증을 꺼내 바닥에 꽂았다.

잘 보니, 타일의 줄눈으로 위장된 투입구였다. 구니키다가 탐정증을 투입구에 밀어 넣었다. 플로어 타일의 틈새에서 빛이 내비쳤다.

작은 전자음이 울리고, 바닥의 타일이 솟아올랐다. 타일 아래에는 복잡해 보이는 전자기기가 있었다.

사장실 바닥에 이런 것이 숨겨져 있다는 것을 아쓰시는 처음 알았다.

구니키다가 망설임 없이 전자기기를 조작, 손금 인증을 거쳤다.

그건 뭔가요? 하는 아쓰시의 질문을 듣고 구니키다가 대답하기도 전에 커다란 소리가 실내에 울렸고, 사장실의 벽에서 액정화면이 밀려 나왔다.

상당히 정밀한 메커니즘으로 나타난 화면에는 흑백 모래폭풍이 비쳤고, 잡음이 발생했다. 하지만 잡음 사이로 누군가의 목소리가 늘렸다.

〈……연결될 듯합니다.〉

지직, 하고 잡음이 섞인 흑백 화면이 사람의 형태를 만들려고 했다. 어딘가와 연락을 하려고 하는 듯했다. 화면 너머에서 누군가가 누군가에게 말을 걸었다.

〈잠시 이 수준을 유지해 주십시오. 일단 방해할 수 없는 모양입니다……. 들립니까?〉

마지막 말은 화면의 이쪽 편을 향한 것이겠지.

〈후쿠자와 사장님, 이십니까?〉

"구니키다입니다."

감도가 나쁜 것인지 흐트러진 화면을 향해 구니키다가 대답했다.

"사장님은 현재 행방을 알 수 없습니다. 그쪽은 이능력 특무과가 확실합니까?"

이능력 특무과? 구니키다의 말에 놀란 아쓰시는 화면을 바라보았다.

겨우 접속이 안정된 것인지 흐트러졌던 것이 사라지고, 둥근 안경을 쓴 학자풍의 청년이 화면에 비쳤다.

〈네. 저는 이능력 특무과의 사카구치 안고입니다.〉

안고가 잇달아 말했다.

〈구니키다 씨. 현재 그쪽은 어떤 상황입니까?〉

"저 이외에 이곳에는 나카지마 아쓰시와 이즈미 교카가 있습니다. 그 이외의 사원은 현재 행방불명입니다."

〈알겠습니다…….〉

구니키다의 대답에 안고가 조금 가라앉은 목소리로 수긍했다.

〈회선이 불안정하니, 짧게 이야기하겠습니다.〉

어두운 사장실에 안고가 비친 화면만이 빛을 발했다.

〈이야기가 나왔던 그 안개 현상이 이 요코하마에서도 일어나고 말았습니다. 단, 이렇게 규모가 큰 안개는 과거에 관측된 사

례가 없습니다.〉

안고의 말과 함께 화면이 전환되어 위성으로 찍은 상공 사진으로 보이는 것이 비쳤다. 일본 전체를 비춘 사진이 서서히 확대되어 가나가와현 주변이 비쳐졌다.

가나가와현의 동부, 요코하마의 상공이 흰 안개로 뒤덮여 있었다. 안고의 설명하는 목소리가 들렸다.

〈확대는 멈추었지만, 현재, 요코하마의 거의 대부분의 지역이 안개에 휩싸여 외부와 차단된 상태입니다. 요코하마 내부의 사람은 그 대부분이 행방불명, 또는 소실……. 이능력자만 존재하고 있는 듯한데, 그들―― 즉, 여러분에게도 위험이 다가오고 있습니다.〉

화면이 바뀌어 다시 안고의 얼굴이 비쳤다.

구니키다가 굳은 표정으로 동의했다.

"이쪽에서도 확인했습니다. 이 안개 안에서는 이능력이 이능력자에게서 분리되어, 소유자를 죽이려 합니다."

같은 날, 같은 시간.

아쓰시가 구니키다와 안고의 통신을 지켜보고 있었을 때, 요코하마의 각지에서는 격렬한 싸움이 펼쳐지고 있었다.

타원형으로 만들어진 독특한 육교에서 키가 같은 소년 두 명이 마주 보았다. 한쪽의 그림자가 손에 든 표지봉을 휘둘렀다.

방대한 힘으로 휘두른 표지봉이 큰 바람을 일으켰다. 붉은 표지판에 적힌 '정지'라는 문자가 공허했다.

그 공격을 버티지 못하고 상대하던 주근깨 얼굴의 소년——미야자와 겐지가 육교에서 뛰어내렸다. 다행히 육교는 그다지 높지도 않았고, 교차로에는 많은 자동차가 정차해 있을 뿐이었다.

겐지는 자동차 지붕으로 뛰어내려, 수백 킬로그램의 무게가 나가는 표식을 손쉽게 다루는 자신과 똑같은 모습의 상대를 노려보았다. 신체 강화 이능력 『비에도 지지 않고』의 이능력이 분리된 모습이다.

원래의 주인인 겐지에게 이능력은 살의를 쏟았다.

그 이마에는 붉은 결정이 빛나고 있었다.

한편 다니자키 준이치로는 흰 안개에 시야를 빼앗긴 상태였다.

방심하지 않고 주변을 둘러보았다. 하지만 환영에 정신을 빼앗긴 사이에 가느다란 손가락이 다니자키의 목을 휘감았다.

환영이 사라지고 푸르름에 둘러싸인 광장이 나타났다.

분수와 모뉴먼트에 둘러싸인 장소다. 다니자키의 얼굴이 고통으로 일그러졌고, 몸이 통째로 공중에 들어 올려졌다. 등 뒤에서 다니자키의 목을 조르는 것은 다니자키와 같은 얼굴을 한 존재.

붉은 결정을 이마에 단 다니자키의 이능력 『가랑눈』이다.

『가랑눈』은 눈을 내리게 하여, 그 공간을 스크린으로 삼아 환영을 보여 준다. 그것을 완벽하게 이용당한 형태였다.

돌바닥이 펼쳐진 광장에서 소리 내며 칼싸움을 펼치는 인물은 후쿠자와 유키치와 그 이능력이었다.

후쿠자와의 이능력 『사람 위에 사람을 만들지 않는다』는 자신의 부하에게만 발동된다. 부하가 지닌 이능력의 출력을 조절하고, 제어 가능하도록 하는 특이한 것이다. 그 때문에 구니키다나 겐지, 다니자키처럼, 특수한 능력을 사용하지는 않는다. 단, 분리된 이능력은 자신을 거울에 비춘 듯한 존재. 즉, 은발 늑대라는 이명을 지닌 후쿠자와와 같은 기량을 지닌 상대라는 말이다.

검이 맞부딪칠 때마다 은행 가로수가 흔들렸고, 돌바닥이 깎였다.

화강암으로 만들어진 아름다운 좌우 대칭의 복도를 배경으로, 두 사람은 격렬하게 맞부딪쳤다.

후쿠자와와 같은 모습을 한 이능력이 지상을 미끄러지듯이 달려 거리를 벌렸다. 돌아봤을 때의 이마에는 역시 붉은 결정이 있었다.

후쿠자와도 역시 검을 손에 들고 돌아보았다.

공간이 비걱거리고 소리가 사라졌다.

은발 늑대끼리의 싸움은 평범한 사람의 눈으로는 포착할 수 없는 수준에 이르러 갔다.

요사노 아키코도 역시 빈사의 외상을 치유하는 자신의 이능력 『그대여 죽지 마오』와 상대했다.

　애용하는 손도끼를 휘둘러 자신과 똑같은 모습의 여성을 공격했다. 무게가 나가는 손도끼는 원심력의 도움을 빌려 강력한 일격이 되었고, 붉은 결정을 이마에 박은 여성의 팔을 베어 냈다. 여성의 오른팔이 가볍게 날아 지면에 떨어졌다. 그러나 여성은 당황하지 않았다.

　재빨리 뒤로 뛰어 물러나, 지면에 떨어진 자신의 팔을 주웠다. 단면에 잘려서 떨어져 나간 팔을 대자, 이능력의 빛이 오른팔을 휘감았다. 순식간에 잘린 팔이 붙었다. 이능력의 힘이다.

　이어붙인 팔을 뻗어 도발하는 이능력을 보고 요사노는 입을 일그러뜨렸다. 이것은 확실히 성가시겠어, 하고, 작게 중얼거렸다.

　싸움은 끝나지 않는다.

　자신의 이능력에게 이기든가, 패배하여 죽든가, 아니면.

　'원흉' 이 제거될 때까지.

　〈다행히 이 현상의 원흉이라고 생각되는 이능력자의 소재지는 판명되었습니다.〉

　무장 탐정사의 사장실에 있는 화면 너머에서 사카구치 안고가 단정적으로 말했다.

　영상이 전환되어 조금 전과 같은 요코하마의 위성사진이 비쳤다. 붉게 빛나는 점이 안개의 중심을 가리켰다.

〈요코하마 조계의 중심지, '주검성채'라고 불리는 폐기된 고층 건축물입니다.〉

안고의 설명에 맞춰 화면에 불길한 형태를 한 칠흑의 탑이 비쳐졌다. 몇 개나 되는 첨탑을 갖춘 모습은 정교한 조각 탓인지 어딘가 불길함을 느끼게 했다.

주변의 높은 건물은 없고, 고고하게 솟은 모습은 다른 사람을 접근하지 못하게 했다.

화면을 보던 구니키다가 물었다.

"역시 시부사와 다쓰히코입니까?"

"!"

시부사와 다쓰히코.

며칠 전, 회의실에서도 들은 이름에, 아쓰시의 손가락이 미세하게 움직였다.

———뭐지?

자신도 알 수 없었다. 단지 무언가 공연히 신경 쓰였다.

시부사와 다쓰히코라는 남자가.

"……."

머릿속을, 어디선가 본 적 있는 문이 스쳐 갔다. 장엄하고 중후하며 거룩한 문.

그것은 열어서는 안 되는 문. 떠올려서는 안 되는 것이다.

아쓰시는 사고를 중단하고, 안고의 목소리에 집중했다. 교카가 슬쩍 아쓰시를 신경 쓴다는 사실은 눈치재지 못했다.

안고가 계속 말했다.

〈……탐정사 여러분에게 중요한 임무를 의뢰하겠습니다.〉

화면에는 이미 주검성채가 아닌, 안고의 모습이 비쳤다.

〈주모자인 시부사와 다쓰히코를 제거해 주십시오. 어떤 방법이든 좋습니다.〉

안고의 말을 듣고 교카가 눈을 가늘게 떴다. "……." 무언가를 이해했다는 듯이 날카로운 눈빛으로 고개를 끄덕였다.

〈그리고.〉 담담하게 안고가 말했다.

〈이것은 보충 설명입니다만, 그 주모자와 같은 장소에 아무래도 다자이 씨가 있는 듯합니다.〉

"다자이가?"

불길한 예감이 든 것인지, 구니키다가 움찔하고 한쪽 눈썹을 들어 올렸다. 안경이 빛을 반사했다.

설마 하는 생각해 아쓰시는 구니키다와 안고의 대화에 끼어들었다.

"붙잡혔다는 건가요?"

다른 사람도 아니고 다자이다. 궁지에 빠졌다고는 생각하기 어려웠다. 하지만 걱정되었다.

아쓰시의 말을 듣고 안고의 얼굴에 어째서인지 처음으로 동요가 번졌다. 초조한 듯이 목소리가 거칠어졌다.

〈이대로는 요코하마가 전멸합니다. 여러분만이——.〉

——뚜욱, 지직.

안고의 목소리가 끊기고, 잡음이 급격히 커졌다. 화면은 흐트러졌고, 다시 흑백의 모래폭풍으로 바뀌었다.

아쓰시가 몸을 내밀려고 했던 때, 굉음이 울리며 사무소가 흔들렸다.

"온 건가……."

구니키다가 눈썹을 모았다.

소리와 충격의 정도, 위치, 그리고 몇 시간 전의 경험으로 미루어, 구니키다는 무엇이 일어난 것인지 눈치챘다.

이것은 무장 탐정사로 들어오는 빌딩에 수류탄이 던져진 것이다, 라고.

아마도 상대는 안경을 쓴 장신의 남자. 그 이마에는 붉은 결정이 빛나고, 그 손에는 페이지에 적은 것을 구현하는 힘을 지닌 수첩이 있을 것이다.

구니키다의 이능력 『돗포 시인』이다.

아쓰시와 합류하기 전에 구니키다가 싸우다 다치게 만든 상대다. 자신의 능력이니, 어떻게 공격해 올 것인가 정도는 예상이 갔다.

단, 원래의 구니키다가 지닌 수첩과는 달리, 분리된 이능력이 지닌 수첩의 표지에는 '타협'이라고 적혀 있다는 것도 알았다. 이상을 추구하지 않고 타협하는 자신 따위, 구니키다에게는 혐오하고 경멸해야 할 존재다.

그래서 구니키다는 말했다.

"너희는 먼저 가라. 녀석은 내가 막겠다."

"하지만, 구니키다 씨."

움직이려고 하는 구니키다를 아쓰시가 뒤쫓으려 했다.

"자신의 이능력에게 이길 수 있을 리가……."

"이길 수 있느냐 없느냐가 아니다."

구니키다가 멈췄다.

"싸울 의지가 있느냐 없느냐다."

"윽……."

아쓰시는 다리를 멈추고, 고개를 숙였다.

구니키다가 의연하게 말했다.

"스스로를 이긴다. 항상 그랬듯이."

선언과 함께, 구니키다는 벽에 걸린 족자 안쪽의 벽을 두드렸다. '하늘은 사람 위에 사람을 만들지 않는다' 라고 적힌 후쿠자와의 족자가 흔들리며 천장에서 숨겨둔 선반이 내려왔다.

선반에는 여러 개의 총기와 회기가 늘어서 있었다.

"이건……."

갑자기 나타난 무기를 보고 아쓰시가 전율했다.

"우리는 '무장' 탐정사다."

멍하니 있는 아쓰시에게 구니키다가 당당하게 대답했다. 권총과 머신건을 들고, 익숙한 손놀림으로 장전했다. 철컥 하고 단단하며 무거운 소리가 실내에 울려 퍼진 듯했다.

"가져가라."고 구니키다가 아쓰시와 교카에게 권총을 건네주었다. 단, 교카는 '필요 없다' 며 즉시 대답했기 때문에 건네받은 사람은 아쓰시뿐이었다.

갑자기 건네받은 차갑고 무거운 감촉에 아쓰시는 곤혹스러움을 숨기지 못했다.

구니키다가 자신의 무기를 물색하면서 말했다.

"녀석의 능력으로는 수첩 사이즈보다 큰 무기는 만들 수 없다."

이윽고 결정한 것인지 무기를 집어 들었다.

"내가 붙들고 있는 사이에 뒷문으로 도망쳐라."

구니키다가 선택한 무기는 슬라이드식 산탄총, 레밍턴 M870.

1미터에 가까운 총을 들고 총알을 넣었다. 포어엔드를 당겨 언제든 발포할 수 있는 상태로 만들었다. 펌프 액션의 위압감 있는 소리가 났다.

"서둘러라!"

"!"

긴박한 구니키다의 목소리에 떠밀리듯이 아쓰시는 교카와 달리기 시작했다.

아쓰시와 교카가 무장 탐정사에서 도망쳤을 때.

사카구치 안고는 주먹을 쥐고 있었다.

어두운 실내. 무수히 많은 모니터가 어지럽게 움직이고, 양복을 입은 많은 사람이 화면이나 책상을 향했다.

다급한 목소리와 컴퓨터를 조작하는 소리가 겹쳤다.

이능력 특무과. 그 지령석에서 안고는 일어섰다. 조금 전까지 연결되었던 무장 탐정사, 구니키다 돗포와의 통신은 끊기고 말았다. 다시 통신이 연결되기를 비는 것은 헛수고겠지. 바로 포기하고 직원에게 물었다.

"이능력 넘버 A5158의 소재지는 파악했습니까?"

"네."

대답한 오퍼레이터에게 안고는 메시지를 부탁한다고 의뢰했다.

"뭐라고 전달할까요?"

안개에 휩싸인 요코하마의 영상을 보면서 안고는 말을 이었다. 더 이상 미룰 수 없었다.

고뇌하는 목소리로 말했다.

"……교수 안경에게 빚을 갚아라, 입니다."

다시 자동차에 타고 발진한 아쓰시와 교카는 등 뒤에서 나는 커다란 폭발음을 눈치챘다.

"구니키다 씨!"

아쓰시가 조수석에서 돌아보니, 붉은 벽돌 빌딩이 연기를 내는 모습이 보였다. 마침 탐정사가 입주한 4층 근처였다. 어두운 밤에 불꽃이 번쩍였다.

구니키다는 무사할까? 하지만 돌아갈 수는 없다.

믿을 수밖에 없다.

"……구니키다 씨, 괜찮을까?"

나약하게 중얼거리는 아쓰시에게 폭발음에도 동요하지 않고 자동차를 계속 내달린 교카가 대답했다.

"지금 우리가 가장 우선해야 할 사항은 시부사와 다쓰히코를 제거하는 거야."

"시부사와 다쓰히코……."

멍하니 아쓰시는 시부사와의 이름을 반복했다.

처음으로 탐정사의 회의실에서 그 이름을 들은 후로 계속, 시부사와라는 존재는 묘하게 아쓰시의 마음을 술렁이게 했다.

"시부사와 다쓰히코는 어떤 녀석일까……."

'왜 그래?' 하고 묻고 싶어 하는 듯한 교카에게 아쓰시는 가만히 중얼거렸다.

"교카는 제거한다고 말했지만……. 시부사와 다쓰히코라는 녀석이 아무리 나쁜 녀석이라고 해도, 반드시 죽일 필요는 없어. 붙잡으면 돼."

공포에서 도망치듯이 이리저리 두루 생각을 해 보았다. 문득 모래색 긴 외투가 머릿속을 스쳐 지나갔다. 의지가 되는 은인의 모습에 생각이 다다른 것이다.

"그렇지."

아쓰시가 교카를 보았다.

"다자이 씨를 구하면, 틀림없이 어떻게든 해 줄 거야."

매달리는 마음을 담아 아쓰시는 중얼중얼 자신을 달랬다.

그래, 다자이 씨를 구하면 어떻게든 된다. 다자이 씨라면 틀림없이…….

"……."

아쓰시의 중얼거림에 교카는 아무 말도 하지 않았다.

앞을 보는 교카의 눈빛이 매우 차갑다는 사실을 아쓰시는 깨닫지 못했다.

막간 · 2-1

멀리서 종이 울리는 소리가 들렸다.

창백한 보름달이 어두운 밤의 안개를 비추었다.

안개는 운해(雲海)처럼 세계를 뒤덮어, 끝이 보이지 않았다. 검은 탑이 안개를 뚫고 나와 달을 향해 뻗어 있었다.

중앙의 탑을 지지하듯이 유기적인 곡선과 여러 개의 날카로운 첨탑이 얽혔다. 편집적이라고 할 정도로 세세하게 입혀진 외벽의 장식은 어딘가 분위기가 불길했다. 사람의 뼈를 조합했다고 생각하는 자도 있을지 모른다.

불길한 탑에서 연회가 열렸다.

"다자이."

탑의 최상층에 있는 넓은 방에서 유리벽을 통해 지상을 보고 있던 다자이에게 뒤에서 누군가가 말을 걸었다. 구두 소리를 울리며 다가온 사람은 백발에 눈이 붉은 남자. 시부사와 다쓰히코였다.

시부사와가 다자이에게 물었다.

"그런 것을 보고 있으면 따분하지 않은가?"

"……따분해?"

감정이 사라진 얼굴로 다자이가 되물었다. 시부사와가 고개를 끄덕였다.

"그래, 난 따분해."

시부사와와 다자이 사이에 있는 테이블에는 어째서인지 해골이 장식되어 있었다. 해골을 채색하듯이 주변에는 붉은 사과가 아름답게 담겼다. 사과 중 두 개에는 나이프가 꽂혀 있다. 불과 몇 초 전까지, 사과에 꽂힌 나이프는 하나였는데.

시부사와는 천천히 테이블에 다가가면서 속삭이듯이 계속했다.

"온통 흰색, 허무……. 거친 것밖에 없는 세계."

시부사와의 시선이 테이블 위를 향했다.

"오늘 밤, 이 요코하마의 모든 이능력이 내 것이 되겠지."

시시하다는 듯이 시부사와는 예측을 사실로서 말했다.

"내 두뇌를 넘어 예상을 뒤집는 자는 이번에도 나타나지 않겠지……. 실로 따분하군."

"나도 예전에 마찬가지로 따분했어."

다자이가 창문 밖을 바라보면서 대답했다.

"어떻게 극복했지?"

"입으로 말하기보다, 해 보는 것이 빨라."

다자이가 겨우 시부사와 쪽을 돌아보고 테이블로 다가갔다. 침착하고 여유 있는 동작으로, 늘어선 세 개의 의자 중 하나에 앉았다.

시부사와는 다자이의 모습을 바라본 채 아무 말도 하지 않았다.

"보게. 실제로 자네는 지금 내 진의를 몰라."

다자이가 온화하게 말했다.

"자네에게 협력하는 건지, 이용하다 배신할 생각인지도."

다자이의 시선은 시부사와를 보지 않았고, 목소리로는 다자이의 본심을 읽기 어려웠다.

하지만 시부사와는 다자이의 도발에 미소로 대답했다.

"읽지 못한다고 생각하는 사람은 자네뿐이야."

다자이가 살짝 눈을 아래로 내렸다.

"역시 자네는 구제가 필요해."

"누가 나를 구제할 수 있다고 하는 거지?"

시부사와가 작게 웃었다.

"글쎄……. 천사일까."

다자이가 테이블에 장식된 해골을 손에 들었다.

"아니면 악마인가."

해골의 뺨에는 대각선으로 이어진 상처가 있었다. 어느새 나이프가 꽂힌 사과가 세 개로 늘었다. 동시에 제3의 목소리가 다자이와 시부사와의 대화에 끼어들었다.

"―――내 입장에서 두 사람 모두 진의는 뻔히 다 보입니다."

즐겁게 웃는 세 번째 남자가 다자이의 손에서 해골을 낚아챘다.

"그런 거짓말로는 희곡은 만들 수 없습니다. 관객도 흥이 깨지겠죠."

남자는 따뜻해 보이는 코트를 나부끼고, 부츠로 높다랗게 뒤꿈치를 울렸다.

우샨카의 귀마개를 흔들면서 걸어온 흑발의 남자가 자수정 눈동자로 다자이와 시부사와를 흘겨보았다.

"'마인' 표도르……."

시부사와가 부드럽게 세 번째 남자를 맞이했다.

"자네도 춤춰 주게. 내 협력자로서."

"협력?"

다자이가 옆에서 웃음을 흘렸다.

"이 사람이 배신할 가능성이 가장 커."

"그 말대로입니다."

표도르가 유쾌하게 동의하고는 거리낌없이 자리에 앉았다.

다자이와 표도르의 말을 듣고 시부사와는 조용히 자신도 자리에 앉았다. 그 표정은 부드러웠고, 자신감이 넘쳐흘렀다.

"지금까지 내 예측을 벗어난 자는 한 명도 없지……. 기대하고 있네."

삼인삼색의 목적과 의지가 교차했다. 누가 자신의 목적을 달성할 수 있을 것인가, 결말은 아직 보이지 않았다. 애초에 그들의 목적은 아무도 모르니까.

"애초에."

표도르가 노래하듯이 말했다.

"가장 가여운 것은 이 도시의 이능력자 제군입니다."

극한의 땅에 있는 얼음을 떠올리게 하는 차디찬 웃음을 지었다.

"우리 세 명 중 누군가가 승리해 남는다고 해도, 그들은 모두 죽을 테니까요."

제3장

3-1

"이대로 이능력이 돌아오지 않으면 어쩌지……?"

한숨을 섞으며 아쓰시가 중얼거렸다. 아쓰시가 있는 곳은 여전히 교카가 운전하는 자동차 안이었다. 구니키다를 놓아두고 무장 탐정사를 나온 지 아직 얼마 지나지 않았다.

자동차는 짙은 안개 안을 엄청난 스피드로 폭주해, 중화가(中華街)를 빠져나갔다.

속도를 떨어뜨리지 않고 방향을 바꾸어서, 커브를 돌 때마다 드리프트로 타이어가 비명을 질렀다.

"이 안개 안에서 이런 속도로 달려도 괜찮아?"

조금 겁을 내면서 아쓰시가 교카에게 물었다. 교카가 냉정하게 대답했다.

"요코하마의 지형은 모두 머리에 주입해 뒀어. 암살 스킬은 이능력과는 관계없어. 야차가 쫓아오기 전에 최대한 거리를 벌려 둘 거야."

이능력을 빼앗겨도 개인이 지닌 지식이나 기능은 남으니 문제없다는 말이겠지만, 원치 않는 설명을 하도록 만들고 말았다. 틀림없다. 왜냐하면 교카는 암살자 시절의 자신을 싫어하기 때문이다.

쓸데없는 말을 해 버려 아쓰시는 괴로움에 고개를 숙였다.

아래를 보고 있으니, 제대로 된 생각이 떠오르지 않았다.

새삼 현재 상황을 떠올렸다. 분리된 이능력인가, 하고 마음속으로 한숨을 쉬었다.

"……예전에 자신이 이능력으로 호랑이가 되어 날뛰었다는 사실을 알았을 때는, 이런 힘은 없어졌으면 좋겠다고 생각했는데."

자조적으로 아쓰시가 말을 흘렸다.

"설마 그 호랑이에게 습격당하는 날이 올 줄이야……."

하릴없이 아쓰시가 교카를 보니, 교카는 각오를 다진 눈빛으로 앞을 보고 있었다. 불안해 보이는 아쓰시와는 정반대다.

"부모님을 살해한 야차백설을 아군이라고 생각한 적은 없어."

교카가 결연하게 말했다.

"대적한다면 쓰러뜨릴 뿐이야."

교카가 단언한 직후, 자동차의 천장에서 쿠욱, 하는 소리가 들렸다.

뭐지? 아쓰시는 몸을 떨었다.

"왔다."

교카가 조용히 시선을 돌렸다. 직후, 자동차 천장을 검이 뚫고 들어왔다.

"으…… 악!"

천장에서 꿰뚫고 들어온 칼날을 아쓰시는 간신히 피했다. 본 적 있는 칼날은 야차백설의 것이었다.

아마도 야차백설이 자동차 위에 올라탄 거겠지. 교카는 힘껏 핸들을 돌려 야차백설을 자동차 위에서 흔들어 떨어뜨리려고 했다.

야차백설의 칼날이 다시 천장을 뚫고 들어왔다. 다음 목표는 교카다.

교카가 칼날을 피했고, 야차백설의 칼날은 운전석 자리에 꽂혔다. 자리에서 검을 빼려면 조금이지만 시간을 필요로 한다. 그 한순간의 틈을 놓치지 않고, 교카는 아쓰시의 목을 붙잡고 자동차 밖으로 뛰쳐나갔다.

"히익." 하고 아쓰시가 숨을 삼키는 사이에 교카는 아쓰시를 자동차 밖으로 데리고 나갔다. 오히려 내팽개쳐진 형태다. 아쓰시의 몸이 지면에 내동댕이쳐졌다.

교카라는 운전사를 잃은 자동차는 폭주하여 전봇대에 격돌, 폭발했다.

폭풍이 불고 흙먼지가 피어올랐다.

지면에 구른 충격과 도달하는 폭풍에 아쓰시는 몸을 움츠렸다.

아쓰시와는 달리 가볍게 착지한 교카가 재빨리 단도를 겨누는 모습이 보였다.

교카가 바라보는 곳에는 흙먼지를 검의 압력으로 흩뜨리는 야차백설의 모습이 있었다. 자동차의 폭발로는 야차백설에게 손상을 줄 수 없었던 듯하다.

야차백설이 교카에게 덤벼들어, 교카가 야차백설의 칼날을 단도로 튕겨냈다. 공방이 이어져, 칼날이 맞부딪쳤다.

교카를 엄호하기 위해 아쓰시는 떨리는 손으로 구니키다가 건네준 총을 들었다. 야차백설을 겨눴다.

하지만, 그러나. 총은 불발로 끝났다.

철컥. 무언가가 걸리는 소리가 났다.

"아, 안전장치인가……."

큰일이다. 중얼거리면서 아쓰시는 다급히 총을 찰칵찰칵 건드렸다. 불발의 원인은 안전장치를 제거하지 않았기 때문이었다. 익숙지 않은 총기의 취급에 당황했다. 서둘러야 해. 그렇게 생각했을 때, 교카의 큰 목소리가 울려 퍼졌다.

"가!"

교카는 야차백설의 칼날을 받아내면서 아쓰시에게 외쳤다.

"어서!"

"!!"

보니, 교카와 야차백설은 칼날을 맞대고 있었는데, 교카가 밀려서 질 것 같았다.

이대로 가면 교카가 베이는 것은 시간문제다. ──안 돼!

"우와아아아아아!"

목소리를 쥐어짜며 아쓰시는 달리기 시작했다. 머릿속에는 교카를 도와야 한다는 생각밖에 없었다.

내가, 내가 어떻게든 해야 돼……!

아쓰시가 다시 총을 겨눴을 때.

검은 물체가 아쓰시의 시야를 가로지르듯이 날아와서.

그대로 야차백설과 격돌했다.

뭐지……?!

놀라는 아쓰시의 눈앞에서 검은 그림자는 지면에 떨어졌다.

자연히 야차백설이 튀어 날아간 덕분에 교카에게 도망갈 틈과 태세를 갖출 시간이 생겼다. 검은 그림자가 교카를 구한 형태였다.

하지만 그것은 의도적인 것이었을까?

아쓰시가 봤을 때, 검은 그림자도 역시 무언가에 튀어 날아온 것처럼 보였다. 그것이 우연히 야차백설에 부딪친 거겠지.

방심할 수 없다.

야차백설을 향해 있던 총구를 검은 그림자로 옮겨 아쓰시는 숨을 죽였다.

검은 그림자——검은 외투에 감싸인 단신이 느릿하게 움직였다.

설마.

아쓰시가 눈을 크게 떴다.

믿을 수 없었다.

설마 이런 장소에서, 이런 때에, 이런 식으로, 이 남자와 만날 줄이야.

'이 녀석' 이 날아왔다는 것을 포함해 현실이라고는 생각할 수 없었다.

검은 천 덩어리인 듯했던 남자가 몸을 일으켜 날카로운 눈빛으로 아쓰시를 꿰뚫었다.

"넌…… 아쿠타가와."

반쯤 멍하게 아쓰시가 이름을 불렀다.

칠흑의 악귀. 달리는 개. 포트 마피아의 검은 재앙의 개.

———아쿠타가와.

아쓰시에게 있어 적이자, 그 이상으로 아쓰시를 적대시하는 남자였다.

"……네놈들인가."

흙먼지투성이인 아쿠타가와가 화가 치민다는 듯이 혀를 차고 아쓰시와 교카를 눈으로 확인했다.

왜 이 녀석이 이곳에 있는 것인가. 그런 것은 어찌되든 상관없었다.

아무튼, 선제공격을 해야 한다.

이번에야말로 안전장치를 풀고 아쓰시는 아쿠타가와에게 총을 겨눴다.

하지만 아쿠타가와는 개의치 않고 아무 일도 없었던 듯한 얼굴로 일어섰다.

"형편없는 무기군. 하나."

아쿠타가와가 힐끔 자신이 온 방향으로 시선을 옮겼다.

"녀석에게는 장난감 총 따위 효과가 없다."

"녀석?"

무슨 말이지? 수상쩍어 하면서도 아쓰시도 이끌리듯이 아쿠타가와의 시선을 따라갔다.

시선 끝에는 안개 안을 걷는 사람의 그림자가 보였다.

온몸에 검은 붕대 같은 것을 감은 그림자.

흔들흔들, 살아 있는 생물 같은 움직임으로 검은 띠가 굼실거렸다.

배에 해당하는 부분에 있는 띠의 틈새에는 야차백설의 이마에 있었던 것과 같은 붉은 결정이 반짝였다.

본 순간, 아쓰시는 직감했다.

'저것'은 아쿠타가와의 이능력 『라쇼몽』이다.

아쿠타가와도 분리된 이능력에 습격당하고 있었던 건가──!

조금 전에 아쿠타가와가 내던져진 것도 라쇼몽 때문이었겠지.

동시에 아쓰시의 등 뒤에서 짐승이 으르렁거리는 소리가 들려왔다.

아름다운 털과 부드러운 거구를 지닌 흰 짐승. 호랑이다.

이마에는 역시 붉은 결정이 있었고, 번뜩이는 살의로 빛나는 눈동자를 지녔다.

아쓰시에게서 분리된 『달빛 아래의 짐승』의 이능력, 호랑이는 그 모습을 드러내고 다가왔다.

……역시 우리를 습격해 온 수수께끼의 짐승은 호랑이였던 건가. 아쓰시는 씁쓸한 마음으로 호랑이를 보았다.

야차백설, 라쇼몽, 호랑이.

이능력 중에서도 공격력이 높은 세 가지에게 둘러싸여 식은땀이 흘렀다.

큰일이야…….

아쓰시가 꽈악, 총을 쥐었다.

라쇼몽이 인간을 벗어난 움직임으로 도약하여 검은 천을 칼날처럼 뻗었다.

아쿠타가와가 자세를 잡았다.

———하지만.

라쇼몽은 어째서인지 아쿠타가와가 아니라 호랑이에게 덤벼들었다.

호랑이가 엄니를 드러내고 라쇼몽을 요격했다.

라쇼몽의 검은 띠와 호랑이의 날카로운 발톱이 교차했다.

둘은 서로 뒤엉켜 격렬한 전투를 시작했다. 마치 보고 넘어갈 수 없는 원수를 발견한 듯한 모습이었다. 보아하니 이능력끼리도 궁합이 나쁜 모양이었다. 소유자들과 마찬가지다.

"재미있군."

아쿠타가와가 흥미롭다는 듯이 입술을 일그러뜨렸다.

"어느 쪽이 강한지 지켜보도록 할까."

"그런 소릴 하고 있을 때야?!"

아쓰시는 무심코 고함을 쳤다. 저 속도, 크기, 공격력. 라쇼몽과 호랑이가 자신들을 습격하기 시작하면, 이능력을 지니지 않은 몸으로서는 이렇다 할 반격도 못 하겠지. 야차백설도 남아 있다. 이젠 다 틀렸다.

실제로 라쇼몽과 호랑이가 싸우고 있는 사이에 야차백설이 뛰쳐나왔다.

어떻게 해야 할 것인가———.

망설이는데, 교카가 야차백설의 칼날을 막으면서 냉정한 얼굴로 아쿠타가와에게 말했다. "근처에 마피아 상층부만이 사용할 수 있는 비밀 통로가 있을 거야."

"흥⋯⋯."

아쿠타가와가 내키지 않는다는 듯 눈썹을 찌푸리면서, 아쓰시에게 말했다.

"이쪽이다. 와라, 호랑이 인간."

마피아의 비밀 통로라고? 갑자기 나온 단어에 아쓰시가 당황했다.

아쿠타가와가 바로 몸을 돌려 걷기 시작했다.

따라오라는 건가? 하지만 교카는 아직 싸우고 있다.

이봐, 하고 아쿠타가와를 말리려고 한 아쓰시를 눈치챈 것인지, 교카가 매섭게 말했다.

"가!"

아쓰시와 교카의 눈이 마주쳤다.

"반드시 따라갈게!"

교카의 눈은 진지함 그 자체로, 거부하는 것을 허용치 않았다. 반드시 따라간다고 하는 말도 진심이겠지.

"⋯⋯알았어."

주저하면서도 교카를 믿기로 하고, 아쓰시는 아쿠타가와를 쫓아갔다.

3-2

아쿠타가와가 들어간 곳은 거리 안에 있는 색다를 것 없는 어느 중화 요릿집이었다.

카운터석과 테이블석이 늘어서 있는 좁은 가게 안. 벽에 붙은 메뉴는 오래된 것인지 구석이 갈색으로 변색되었다. 주방은 중화 냄비나 식기 등이 잡다하게 쌓여 있었지만, 나름대로 청결을 유지하고 있었다. 어디에 가도 있을 듯한 가게에 무슨 볼일이 있는 것인가.

애초에 그 아쿠타가와와 둘이서 행동하다니…….

당황하면서도 아쓰시는 달리는 아쿠타가와를 쫓아 주방으로 들어갔다.

아쿠타가와가 망설임 없는 손놀림으로 싱크대에 있던 부엌칼 중 하나를 잡고 주방의 벽을 베었다.

이리저리 휘두른 부엌칼의 칼날이 아쿠타가와 뒤에 서 있는 아쓰시에게까지 닿으려 했다.

무슨 심산이야?!

안달하며 피하는 아쓰시를 무시하고, 아쿠타가와는 부엌칼을 더욱 휘둘렀다.

주방의 벽이 일부 무너져, 숨겨져 있던 가느다란 틈새 같은 구멍이 나타났다.

아쿠타가와가 재빨리 나타난 틈새에 부엌칼을 꽂아 넣었다.

철꺽! 커다란 톱니바퀴가 맞물리는 듯한 소리가 나고, 기계음이 울리기 시작했다.

아쿠타가와의 앞에 있던 벽이 푸쉿, 하고 소리를 내며 열렸다.

──숨겨진 문이었던 건가.

아쿠타가와가 든 부엌칼과 부엌칼이 꽂힌 틈새 그리고 열린 벽을 보고 아쓰시는 생각했다.

이게 교카가 말한 마피아의 비밀 통로겠지. 분명히 교묘하게 감추어져 있었다. 아쓰시 혼자였다면 눈치채지 못했을 것이다.

아쓰시가 놀라는데, 등 뒤에 있던 입구에서 격렬한 소리가 들려왔다.

돌아보니 교카가 가게의 문을 부수고 뛰어들어 왔다.

"교카!"

교카의 뒤에는 야차백설이 바싹 따라왔다. 교카가 카운터를 뛰어넘어 아쓰시 일행이 있는 쪽을 향해 왔다. 아쓰시는 아쿠타가와와 함께 숨겨진 문 너머에 들어가 교카를 기다렸다.

금방 야차백설이 가게 안으로 들어와 검을 휘둘렀다.

교카도 숨겨진 문 안으로 달려 들어왔고, 식기가 깨지는 소리와 함께 숨겨진 문을 다시 닫았다.

야차백설의 칼날이 닿기 직전에 숨겨진 문이 닫혔다.

살았다──…….

아쓰시가 살짝 숨을 내쉰 것과 동시에 방이 움직이기 시작했다.

숨겨진 문 너머에는 엘리베이터가 있었다.

업무용인지, 평범한 엘리베이터보다 꽤 넓고 살풍경했다.

금속망으로 된 바닥에서는 와이어가 보였고, 느릿하게 지하를 향해 움직이고 있다는 사실을 알 수 있었다. 오렌지색 조명이 금속 벽에 반사되었다. 기계의 가동음이 계속 들렸다.

아쿠타가와가 입을 열었다.

"이능력자 습격을 대비한 비상 통로다. 안개도 이쪽까지는 들어오지 않는다."

아쓰시는 힐끔 아쿠타가와를 향해 시선을 돌렸다.

"그 안개는 대체 뭐지?"

"……그건 용의 한숨이다."

"용?"

아쿠타가와의 대답은 예상외였다. 아쓰시가 눈썹을 찌푸렸다.

무슨 의미인가. 용이란, 대체——?

아쓰시가 물음을 거듭하는 것보다 빨리 아쿠타가와가 교카에게 말을 걸었다.

"교카…… 서로 이능력이 없는 지금이라면 너의 암살술로 나를 죽일 수 있다."

"......."

아쿠타가와의 도발에 교카는 아무런 대답도 하지 않았다.

무표정한 교카를, 아쿠타가와가 비웃었다.

"왜 그러지? 나와의 인연을 끊고 싶었던 것 아닌가?"

"교카는 이제 너 따위에게 아무런 감정도 없어!"

아쿠타가와의 말에 화가 나서 아쓰시는 순간적으로 끼어들었다. 돌아보니 아쿠타가와의 냉담한 시선과 마주쳤다. 아쿠타가와에게서 내던져진 것은 틀림없이 살기였다.

역시 아쿠타가와는 믿을 수 없다. ———적이다.

내심으로 그런 생각을 하면서, 아쓰시는 아쿠타가와를 노려보았다.

아쿠타가와가 지상에서 가장 어리석은 것을 보듯이 아쓰시를 보았다.

"......이능력이 돌아오지 않은 이 상태에서 결착을 지을 텐가?"

마치 이능력을 되찾은 다음 결착을 지어야 한다, 라고 말하는 듯했다.

이 말투, 설마 아쿠타가와는———.

아쓰시 대신에 교카가 기세 좋게 돌아보았다.

"이능력을 되찾을 방법을 알아?"

아쿠타가와가 고개를 끄덕였다.

"되찾을 방법은 안다."

"뭐?"

아쿠타가와의 말을 듣고 아쓰시가 숨을 삼켰다.

세 사람의 얼굴이 마주쳤다.

"이능력을 격퇴하여 쓰러뜨리면 소유자에게 돌아온다."

담담하게 말하고, 아쿠타가와가 어이없다는 듯이 코웃음을 쳤다.

"이 정도의 정보조차 모르는 건가?"

"……!"

아쓰시는 처음 듣는 정보였다.

분리된 이능력을 쓰러뜨리면 이능력이 자신의 곁으로 돌아온다.

아마 구니키다도 몰랐던 것이겠지.

아쓰시 일행을 깔보기 위한 것일지도 모르지만, 아쿠타가와는 꽤나 담백하게 정보를 밝혔다.

아쿠타가와가 어떤 속셈인지 알 수 없어 아쓰시는 자세를 갖췄다.

"……네 목적은 뭐지?"

경계하는 아쓰시에게 교카가 속삭였다.

"아마 우리랑 같을 거야."

"같다니……."

교카를 봤던 아쓰시가 아쿠타가와에게 시선을 되돌렸다.

"시부사와?"

"녀석의 오장육부를 찢어 목숨을 끊겠다."

아쓰시의 질문에 아쿠타가와가 선언했다.

"그 외에 요코하마를 구할 방법이 있나?"

"우리는 죽이지는 않아."

아쓰시가 즉시 말했다.

"탐정사는 그런 일은 안 해."

결코 아쿠타가와 같은 일은 하지 않았으면 했다.

그런 마음을 담아 말하자, 아쿠타가와는 코웃음을 쳤다.

"웃기지 마라. 어수룩하구나, 호랑이 인간……. 교카, 뭔가 말해 줘라."

"……무슨 소리지?"

비꼬듯이 웃는 아쿠타가와를 보고 아쓰시가 눈썹을 찌푸렸다.

아쿠타가와가 점점 더 유쾌하다는 듯이 교카를 턱으로 가리켰다. "교카는 일의 취지를 이해하고 있다. 전 포트 마피아이니까."

무슨 의미지? 아쓰시가 슬쩍 교카를 보았다. 교카는 험악한 얼굴로 아쿠타가와를 노려보았다.

교카가 아쿠타가와를 바라본 채, 입을 열었다.

"나는 이미 빛이 닿는 세계로 왔어. 탐정사 사원이 되기 위해 포트 마피아는 그만뒀어."

굳은 목소리로 교카는 각오를 담아 계속 말했다.

"……마피아의 살인과 탐정사의 살인은 달라."

……어? 아쓰시는 생각했다.

살인?

교카는 시부사와를 죽일 생각인가?

왜, 어째서. 언제부터, 그런…….

생각이 말이 되지 않아 아쓰시는 "교카?" 하고 상기된 목소리를 흘렸다.

혼란스러운 아쓰시의 머리에 아쿠타가와의 무자비한 목소리가 울렸다.

"다자이 씨가 적에게 붙기 전이라면, 이능력 무효화로 죽이지 않고 안개를 멈출 수 있었을지도 모르지. 하지만 지금은 그렇게도 할 수 없다."

"적에게 붙어? 다자이 씨가?"

아쓰시가 경악했다.

믿을 수 없었다. 도저히 믿을 수 있는 밀이 아니었다.

그건 말도 안 되는 일이다.

하지만 아쿠타가와의 표정은 변함이 없었다.

"그렇다…….''

아쿠타가와가 아쓰시를 보았다.

"그 사람은 자신의 의지로 적에게 가담했다."

"다자이 씨가 그런 일을 할 리가 없어!" 무심코 외쳤다.

목소리가 거칠어진 아쓰시에게 아쿠타가와는 차가운 목소리로 말했다.

"일찍이 포트 마피아를 배신한 사람이다."

아쿠타가와는 더 이상 의심도 하지 않는 듯했다.

다자이가 탐정사를 배신했다고 확신했다. 그만큼의 정보를 지니고 있는 것처럼 보였다.

확실히 사카구치 안고도 다자이가 시부사와 다쓰히코와 함께 있다고 말했다.

그건 시부사와에게 붙잡혔다는 의미가 아니었던 건가?

설마——.

"………!"

그래도 믿을 수 없어서 아쓰시는 말을 잇지 못했다.

아쿠타가와가 냉철하게 알렸다.

"다자이 씨는 내가 죽인다."

아쿠타가와의 눈동자에는 확고한 결의가 깃들어 있었다.

이상할 정도로 날카로운 눈빛이 아쓰시를 찔렀다. 박력에, 압도될 것 같았다.

무심코 눈을 피하며 아쓰시는 물었다.

"……네가 다자이 씨를 죽일 수 있어?"

절대 불가능하다. 아쓰시는 그렇게 생각했다.

그럴 수밖에 없는 것이, 아쿠타가와는 다자에에게 심하게 집착하고 있다. 상식을 벗어났다고 느껴질 정도로.

그런데도 다자이를 죽이겠다니, 불가능할 게 틀림없다.

하지만 아쿠타가와는 집착을 눈동자에 간직한 채 말했다.

"다른 사람 손에 내주느니 이 손으로 죽이겠다."

"!"

아쿠타가와의 말을 듣고 아쓰시의 등에 차가운 무언가가 휘돌았다.

확실히 아쿠타가와다운 집착의 양상이었다.

이 남자는 틀림없이 한다고 하면 한다. 그 마음 그대로 다자이에게 흉악한 칼을 휘두르겠지. 그런 짓은 용서할 수 없다.

"……다자이 씨를 죽이게 두지 않겠어!"

아쓰시는 손에 든 권총을 들고 아쿠타가와에게 총구를 겨눴다.

엘리베이터가 겨우 움직임을 멈췄다.

복잡한 장치를 갖춘 문이 열리고, 통풍관에 둘러싸인 지하 통로를 향해 길이 열렸다.

아쿠타가와는 아쓰시에게 아무 말도 하지 않고 걸음을 내디뎠다. 뚜벅, 하고 딱딱한 소리가 울려 퍼졌다.

걷기 시작하는 아쿠타가와의 등에 총을 겨눈 채, 아쓰시는 말했다.

"너와는 같이 갈 수 없어."

엘리베이터의 문이 다시 닫히기 시작했다.

아쿠타가와의 등이 보이지 않게 되기 직전.

교카의 손이 문을 멈췄다.

"같이 갈 거야."

"뭐?!"

교카의 짧은 말을 듣고 아쓰시는 큰 소리를 지를 수밖에 없었다.

막간 · 2-2

주검성채의 최상층. 천장까지 닿는 창문이 전면에 달려 있고, 나이프가 꽂힌 사과가 장식된 방의 더욱 안쪽. 어둠 속에서 시부사와는 다른 두 사람을 앞에 두고 엷게 미소를 지었다.

"나의 컬렉션 룸, 드라코니아에 온 걸 환영하네."

시부사와의 손에는 불길한 해골이 있었다.

어둠 속에서 흐릿하게 빛나는 건물이 떠올랐다.

서커스의 천장 같은, 또는 거대한 온실 같은 반구형 건물에는 용을 본뜬 문이 있었다. 똬리처럼 감고 건물을 지키는 문의 용은 손에 붉은 보석을 들고 있었다.

문이 열리고, 시부사와가 말한 컬렉션 룸──── 드라코니아로 초대되었다.

드라코니아의 중앙에는 대좌 같은 기둥이 있고, 주위의 벽은 모두 장식 선반이었다.

360도, 둘러볼 수 있는 범위에는 모두 선반. 장식되어 있는 것은 붉은 결정이었다. 각 층의 위에도 마찬가지로 선반이 펼쳐져, 결정이 놓여 있는 것이 보였다.

몇백, 몇천이라는 결정이 드라코니아의 벽을 채색했다.

"이게 전부 이능력인가."

다자이가 벽을 바라보고 차갑게 중얼거렸다.

"용케도 참, 이렇게나 모았군."

"좋은 취미입니다. 악마가 부러워할 컬렉션이군요."

표도르가 희미하게 득의만만한 미소를 지었다. 다자이에게 얼굴을 가까이 대고 속삭였다.

"당신이 들어가면 결정체들이 술렁일 겁니다."

표도르의 속삭임을 눈치채지 못했는지, 아니면 눈치챘으면서도 흥미가 없었던 것인지, 시부사와가 표도르의 '악마가 부러워할'이라는 말에 반응했다.

"그렇다면 결국 자네는 악마에게 정보를 파는 죽음의 쥐군."

시부사와가 표도르를 보았다.

"이곳의 컬렉션 절반은 자네에게 산 이능력 정보를 기반으로 모은 거니까. 덕분에 도시 전체를 뒤덮을 정도의 이 거대한 안개 영역을 만들어 냈다……."

시부사와의 '안개'에 습격당한 이능력자에게서는 이능력이 분리되어 이능력자를 습격한다.

만약 이능력자가 자신의 이능력을 격퇴, 쓰러뜨릴 수 있다면, 이능력은 소유자의 곁으로 돌아갈 것이다.

하지만 쓰러뜨리지 못하면 어떻게 되는가?

대답이 이 드라코니아의 경관이다.

이능력자는 자신의 이능력에 살해당하고, 이능력은 붉은 결정체가 되어 시부사와에게 수집된다.

분리된 이능력의 이마에 달린 붉은 결정은 시부사와의 컬렉션이 된 증거였다.

　아쓰시 일행은 모르는 일이지만, 타이베이에서 불타 죽은 불꽃을 사용하는 이능력자 남자도, 싱가포르에서 책형을 당해 죽은 카드를 조작하는 이능력 암살자도, 디트로이트에서 고드름에 꿰뚫린 얼음을 사용하는 이능력자 여성도, 모두 시부사와가 '이능력을 빼앗은 상대' 다.

　틀림없이 그들의 이능력도 결정체가 되어 컬렉션에 수납되어 있겠지.

　시부사와가 지금 요코하마의 거리를 제멋대로 주무를 수 있는 것도 수많은 이능력을 결정체라는 형태로 손에 넣었기 때문이었다. 따라서 시부사와는 이능력 정보를 제공한 표도르에게 감사를 표했다.

　"하지만."

　시부사와가 시험하듯이 표도르에게 물었다.

　"어떻게 그 정도의 정보를 모은 거지?"

　"쥐는 거리 어디에든 있으니까요."

　표도르는 어깨를 으쓱 들어 올리며 어물쩍 넘어갔다.

　다자이가 "야옹." 하고 재미없다는 듯이 중얼거렸다.

　다자이의 등 뒤에 있는 선반의 일각이 갑자기 빛을 발했다. 빛은 강하게 반짝이고 응축되었고, 이윽고 붉은 결정으로 변화했다. 결정은 빙글빙글 회전하면서 빈 선반을 채웠다.

　"또 하나가 이리로 온 모양이군."

시부사와가 새로운 결정을 눈여겨보았다.

"요코하마의 어딘가에서 이능력자가 죽었다. 하지만……."

시부사와의 목소리는 냉담하고, 열기를 띠지도 않았다. 새로운 결정을 바라본 것도 잠시로, 시선은 중앙에 있는 대좌로 금세 돌아갔다.

"이 선반을 채워야 할 유일한 이능력이 없어서는…… 의미가 없다."

공허한 대좌에 손을 넣고, 시부사와는 속삭였다.

"아무리 모은들———……."

시부사와의 목소리는 허공에 빨려들어 가듯이 사라졌다.

3-3

캉, 캉, 캉, 캉……!

금속음을 울리며 아쓰시는 교카와 함께 아쿠타가와의 등을 따라갔다. 결국 아쓰시는 교카에게 휩쓸리듯이 아쿠타가와와 같이 행동하게 됐다.

통풍관이 지나는 지하 통로가 끝나고 넓은 공간이 나왔다.

지금까지 봐 왔던 통풍관이 집결되어, 컨테이너나 기계로 연결되어 있었다. 공장인가 뭔가의 지하일지도 모른다.

"교카."

걸으면서 아쓰시는 교카에게 물었다.

"왜 이런 녀석과 같이 가?"

"정보를 가지고 있어……. 이 마피아의 비밀 통로도 사용할 수 있고."

교카가 담담하게 대답했다.

"무엇보다 이능력을 되찾은 아쿠타가와는 전력이 돼. 시부사와 제거라는 목적은 같아."

확실히 교카의 말은 합당한 의견이었다.

논리 정연한 말투에서도, 움직이지 않는 표정에서도, 합리적인 판단을 내렸을 뿐이라는 것이 느껴졌다.

하지만 아쓰시로서는 어딘가 모르게 납득이 되지 않았다.

"하지만……."

그만 반박하는 말이 새어 나왔다.

그렇다고 해서 교카를 논파할 정도의 설득 재료도 없었다.

계속할 말을 찾지 못해, 아쓰시는 고개를 숙이고 말았다.

"교카."

혼자서 앞에서 걷던 아쿠타가와가 입을 열었다.

"어머니의 유품인 휴대전화는 아직 소중히 가지고 있는 모양이구나."

아쿠타가와의 시선 끝에는 교카의 가슴 부근에서 흔들리는 낡은 휴대전화가 있었다.

하지만 흘려들을 수 없는 정보가 있었다.

"어머니?"

처음 듣는다. 놀라서 아쓰시의 걸음이 멈췄다.

교카의 휴대전화는 어머니의 유품이었던 건가?

왜 아쿠타가와는 그걸 알고 있지?

의문이 머릿속을 휘돌았다. 교카 쪽을 볼 수가 없었다.

아쿠타가와가 멈춰서 아쓰시를 비웃었다.

"그런 것도 못 들은 건가?"

"……못 들었어." 가만히 아쓰시가 말을 흘렸다.

대화를 끊듯이 교카가 차가운 목소리로 아쿠타가와에게 물었다.

"최단 루트는?"

아쿠타가와가 즉시 대답했다.

"제로고 제로고."

아마도 포트 마피아의 은어겠지. 당연하지만 아쓰시는 무슨 말인지 알아듣지 못했다.

틀림없이 교카에게 다른 뜻은 없었을 것이다. 그렇다고는 해도──.

척하면 척인 두 사람의 대화에 아쓰시가 끼어들 틈이 없어, 혼자만 남겨진 기분이 되었다.

"……"

소외감을 품은 채로, 아쓰시는 아무 말 없이 걸음을 내디뎠다.

좁다란 통로에서 하수도로 침입해 오수 냄새에 입을 열지 못하면서도 걸음을 재촉한 결과, 아쓰시 일행은 맨홀을 통해 겨우 지상으로 나갈 수 있었다. 맨홀을 열자 쥐가 몇 마리 도망치는 모습이 보였다.

아쿠타가와를 선두로 지상으로 올라가자, 짙은 안개 너머로 많은 굵은 파이프나 금속으로 덮인 거대한 건축물, 흰 연기가 피어오르는 몇 개의 굴뚝이 흐릿하게 보였다. 제철소인가 뭔가인 듯했다.

아쿠타가와와 교카가 주변을 경계하는 가운데, 아쓰시도 맨홀에서 기어 나왔다.

문득 아쿠타가와가 무언가를 눈치챈 것인지, 공장 쪽을 바라보았다.

"아무래도…… 기다리고 있었던 듯하군."

내 존재를 느낄 수 있는 것도 당연한가, 하고 혼잣말하는 소리가 들렸다.

어떤 의미인지 물으려고 아쿠타가와와 같은 방향을 보고 아쓰시도 깨달았다.

전방의 공장, 용광로로 보이는 굴뚝 옆에 검은 그림자가 서 있었던 것이다.

라쇼몽.

아쿠타가와의 분리된 이능력은 검은 천을 생물처럼 굼실거리며 이쪽을 내려다보았다. 정확하게는 아쿠타가와를 노리고 있는 것이겠지.

아쿠타가와는 조금 전에 이걸 말한 거였다고, 아쓰시도 눈치챘다.

아마도 분리된 이능력은 원래의 소유주인 능력자가 어디에 있는지 느낄 수 있는 능력을 지니고 있는 듯했다. 그렇지 않고서야 이렇게 빨리 와서 대기하는 건 불가능하다.

아쓰시가 생각을 하는데, 교카가 "도울게." 하고 아쿠타가와에게 말했다.

아무리 비상사태라고는 하지만 설마 교카가 아쿠타가와를 돕겠다고 말을 꺼내다니…….

하지만 아쿠타가와는 "필요 없다!"고 일갈했다.

"그래?"

생각보다 담백하게 교카가 물러섰다.

아쿠타가와는 교카와 아쓰시를 두고 라쇼몽이 있는 곳으로 천천히 걷기 시작했다.

조용히 중얼거리는 아쿠타가와의 목소리가 들렸다.

"⋯⋯나의 힘을 증명하기 위해 수없이 밤을 헤매며 수많은 적을 물리쳐 왔다. 하나, 맹점이었다. 싸워 쓰러뜨릴 가치가 있는 적이 이렇게 가까이 있었을 줄이야――⋯⋯."

안개 너머로 아쿠타가와의 모습이 사라져 갔다.

이런 때에도 자신의 힘을 증명하기 위해 적과 싸우고 싶다니⋯⋯ 하고, 아쓰시는 어이가 없어지려 했다.

그것도 혼자서 가다니, 제멋대로다.

하지만 교카는 아쿠타가와의 말에 동의한다는 듯이 "확실히 그래." 하고 고개를 끄덕였다. 그리고 긴장된 표정으로 아쿠타가와가 떠난 곳과는 반대 방향으로 눈을 돌렸다.

"지금은 각자 해야 할 일이 있어."

"어?"

교카의 시선 끝에, 야차백설이 내려선 것이 보였다.

어느새⋯⋯! 아쓰시가 권총에 손을 뻗고 자세를 잡았다.

교카가 단검을 빼내고 칼집을 지면에 떨어뜨렸다. 메마른 소리가 울렸다.

야차백설의 공격을 기다리지 않고, 교카가 자세를 낮추며 달려가 단검을 휘둘렀다.

교카의 속공을 야차백설이 막아 내고, 밀어냈다. 움직임을 예측했던 교카가 재빨리 다시 칼을 휘둘렀다.

"교카!"

가세하려고 한 아쓰시에게 교카가 짧게 말했다.

"너도 해야 할 일을 해."

"!"

해야 할 일? 그건 설마, 하고 아쓰시의 몸이 떨렸다.

라쇼몽은 아쿠타가와를 기다리고 있었고, 야차백설도 교카를 쫓아왔다. 그렇다면──.

짐승이 낮게 으르렁거리는 소리가 아쓰시의 귀에 도달했다.

재빨리 돌아보니 예상대로였다.

아름다운 털을 지닌 흰 호랑이, 달빛 아래의 짐승이 있었다.

……호랑이도, 나를 쫓아왔구나.

아쿠타가와의 말대로 분리된 이능력이 소유자의 위치를 감지할 수 있다면, 더 이상 도망갈 수는 없겠지. 도망쳐도 도망쳐도, 뒤쫓아 올 것이다.

아쓰시는 이를 악물었다.

막간 · 2-3

"나에게 타인은, 익숙한 기계가 가득 찬 고기 자루에 지나지 않아."

무수히 많은 붉은 결정이 장식된 드라코니아에서 시부사와는 갑자기 그런 말을 꺼냈다.

"모든 것이 자명하고, 모든 것이 따분했지."

막힘없이 말하는 시부사와의 말을 아무 말 없이 듣는 사람은 다자이와 표도르, 두 사람이었다.

"하나, 이런 나에게도 이해하지 못한 인간이 있다."

시부사와가 결정체를 물색하듯이 산책하던 걸음을 멈추었다.

"나다."

진지함 그 자체인 얼굴로 시부사와는 말했다.

"이 머릿속은 나 자신도 읽을 수 없다……. 소설의 문장과 문장 사이의 '행간' 같은 부분이 있지."

"자네, 친구 있나?" 어이가 없다는 얼굴로 다자이가 시부사와에게 물었다.

"친구 따윈 인생에 불필요하다."

시부사와는 눈을 감았다. 느슨하게 웃었다.

"어떠한 타인의 마음도 알 수 있으니까."

드라코니아의 중앙에 나란히 있는 다자이와 표도르를 돌아보고, 시부사와는 자신감 넘치는 말을 이어갔다.

"나는 틀림없이 나의 행간, 공백의 빛 너머, 더 나아간 세계에 갈 수 있다."

다자이가 흥미가 없다는 듯이 투덜댔다.

"……진짜로 친구가 있으면 그런 말은 안 해."

시부사와는 다자이의 중얼거림에 대답하지 않았다. 단지, 자신이 믿는 대로 계속 말했다.

"그때는 곧 찾아온다……. 이 요코하마의 이능력은 모두 곧장 나의 것이 될 테니까."

시부사와의 예정이 어그러지는 일은 있을 수 없다. 이유는 단순하다.

지배자처럼 시부사와는 드라코니아의 중앙으로 나아가 다자이의 얼굴을 들여다보았다.

그리고 어렴풋이 경멸을 담아 속삭인다.

"자신의 이능력에 이길 수 있는 인간이 한 사람이라도 있을 거라고 생각하나?"

3-4

용광로가 요란하게 작열하며 부글부글 끓는다. 녹은 철이 오렌지색으로 빛나며 주변의 공기를 흔든다.

아쓰시가 본 공장의 안쪽에 있는 용광로에는 거대한 크레인이 내려와 다리처럼 통로가 네 개, 우물 정(井) 자를 그리듯이 걸려 있었다.

용광로를 아래층에 놓아둔 채, 튼튼한 기둥으로 떠받쳐진 장내를 라쇼몽이 천천히 걸었다.

아쿠타가와는 라쇼몽을 기다리면서 중얼거렸다.

"라쇼몽의 공격은 천을 칼날로 변하게 하여 날리는 것. 때문에 그 사정거리 밖에 있는 한 공격은 도달하지 않는다."

하물며 아쿠타가와가 라쇼몽의 사정거리를 잘못 가늠할 리는 없었다.

그것도 그럴 것이, 아쿠타가와는 라쇼몽이 작은 칼날밖에 만들어 내지 못했을 때부터 필사적으로 이능력을 계속 갈고닦아, 그 공격력과 거리를 계속 늘려 왔다. 머리카락 한 올 정도의 거리라도 잘못 보지 않을 자신이 있었다.

그렇기에 아쿠타가와는 다가오는 라쇼몽을 보면서 기둥의 배

전반에 손을 댔다. 버튼을 딸각 누른 순간, 천장에 걸려 있던 도르래 하나가 큰 소리를 내며 돌기 시작했다.

도르래가 고속으로 회전했고, 이윽고―― 라쇼몽 위에 철재를 떨어뜨렸다.

엄청난 충격이 찾아와 흙먼지가 날렸다. 라쇼몽의 모습은 보이지 않게 되었다.

하지만 그것도 잠시.

"!"

숨을 삼키는 아쿠타가와에게 라쇼몽이 덤벼들었다.

라쇼몽은 철기둥과 부딪치기 직전에 검은 천의 힘을 사용해 도약하여 도망친 것이다.

더 나아가, 충격으로 피어오른 흙먼지를 위장막으로 사용해 아쿠타가와에게 접근했다.

아쿠타가와의 얼굴이 괴로운 듯 일그러졌다. 가까우면 위험하다는 것은 잘 알았다.

실제로 라쇼몽이 검은 띠로 아쿠타가와를 습격했다.

고속의 칼날이 아쿠타가와를 꿰뚫으려는 것을 달려서 피했다. 검은 칼날은 굵은 기둥을 쉽게도 토막 냈다. 가차도 자비도 없었다. 스치기만 해도 치명상을 입겠지. 항상 아쿠타가와가 했던 대로.

붙잡혀서는 안 되었다. 아쿠타가와가 도망치고, 라쇼몽이 뒤쫓았다.

아쿠타가와의 얼굴에는 명백한 초조함이 떠올라 있었다.

검은 천을 사용해 이동하는 라쇼몽은 재빨라서 아쿠타가와는 궁지에 몰렸다. 남은 길은 이제 용광로의 통로밖에 없었다. 날이 선 구두 소리를 내면서 도망쳤다.

휘잉── 카창!

라쇼몽이 검은 띠를 날려 통로의 난간을 잘라 냈다. 그대로 검은 칼날로 아쿠타가와를 베어 버리려고 했다.

아쿠타가와는 아슬아슬하게 검은 칼날을 피했다고 생각했지만, 기우뚱하고 자세가 무너졌다.

순간적으로 난간을 잡으려고 했지만, 이미 라쇼몽이 난간을 망가뜨렸다. 잡을 수 있는 것은 아무것도 없었다.

라쇼몽이 노림수는 아쿠타가와가를 용광로에 떨어뜨리는 것이었다.

먼저 난간을 망가뜨린 것도, 돌아서 들어가듯이 칼날을 휘두른 것도 모두, 피해도 죽는 상황으로 내몰기 위해서였다.

아차──. 아쿠타가와가 무의식중에 말했다.

외투에 둘러싸인 단신이 펄펄 끓는 철 위로 내던져졌다.

아쿠타가와가 라쇼몽과 상대하고 있을 때, 아쓰시도 역시 자신의 이능력과 대치했다.

통풍관에 둘러싸인 좁은 통로를 달리면서 아쓰시는 뒤를 돌아 총을 쏘았다.

총성이 메아리쳤고, 총알이 벽에 튀었다. ⋯⋯피한 모양이다.

혀를 차고 싶은 기분으로 아쓰시는 호랑이를 날카롭게 노려보았다.

호랑이는 꼬리를 올려 아쓰시를 위협했다.

이 위치라면, 하고 생각해 다시 방아쇠를 당겼다. 연속해서 두 번.

회전하면서 사출된 총알은 똑바로 호랑이를 향해 갔다.

하지만 흰 털이 총알을 모두 튕겨 냈다.

"⋯⋯!"

이번엔 호랑이가 뒷다리에 힘을 주어 아쓰시에게 달려들었다.

촤악. 호랑이의 발톱이 아쓰시의 왼팔을 스쳤다.

⋯⋯스쳤음에도 이렇게 다치고 말았다고 생각해야 할까, 아니면 이 정도의 상처로 그쳐 다행이라고 생각해야 할까. 틀림없이 후자이겠지.

애초에 다시 생각해 보면, 아쓰시가 호랑이로 변했을 때, 총으로 상처를 입었던 기억은 없다. 효과가 없다는 뜻이었다.

"어떻게 하면 녀석을 쓰러뜨릴 수 있지⋯⋯?"

유연하게 착지하여 뒤를 돌아본 호랑이를 바라보면서 아쓰시는 생각했다.

호랑이의 이마에서 빛나는 붉은 결정이 눈에 들어왔다.

"⋯⋯저걸 부수면 되는 건가?"

실제로는 어떨지 알 수 없었다. 하지만 그것 이외의 활로는 찾을 수 없었다. ——해 볼 수밖에 없다. 각오를 다지고 호랑이를 노려보았다.

하지만 저런 데를 어떻게 맞히지?

엄니를 드러낸 호랑이의 이마를 총으로 노렸다. 한 발. 맞지 않았다. 두 발. 세 발……. 네 발째를 쏘려는데, 딸각, 하고 가벼운 소리가 났다. 손에 오는 느낌도 없었다. 총알이 떨어진 것이다.

젠장!

권총 이외에 무기는 가지고 있지 않았다.

이럴 줄 알았으면 무장 탐정사에서 무기를 더 가지고 올 걸 그랬어……!

이제 와서 후회해 봐야 늦었다. 난처한 나머지 아쓰시는 호랑이에게 총을 집어 던졌다. 총은 단단한 소리를 내며 통로를 미끄러져 갔다. 호랑이에게 닿지도 않았다.

어쩌면 좋지?

발톱에 파인 왼팔에서 피가 흘렀다. 통증으로 식은땀이 났다. 눈앞에는 호랑이가 입을 벌리고 기다렸다.

"역시 자신의 이능력에게 이길 수 있을 리가 없어……."

아쓰시의 목에서 약하디약한 목소리가 흘러나왔다.

요코하마 각지에서도 이능력 소유자들이 궁지에 몰려 있었다.

운전사가 없는 자동차로 가득 메워진 도로에서는 미야자와 겐지가 이능력에게 농락당했다.

이능력은 방대한 힘을 이용해 겐지에게 자동차를 날렸다.

잇달아 떨어지는 자동차에, 겐지는 도망갈 수밖에 없었다. 틈을 노려 이능력 본체가 다가왔다.

겐지의 표정이 굳어졌다. 항상 밝게 웃었던 눈동자에는 초조함과 긴장이 떠올랐다.

안개 안에서 싸우는 요사노도 마찬가지였다.

그대여 죽지 마오는 아무리 공격을 받아도 일부러 자신을 빈사 상태로 만든 후, 스스로를 치료한다.

손도끼를 휘두르고, 튀는 피를 맞고, 피폐해지는 것은 요사노뿐이었다. 이능력은 지친 모습을 보이지 않고, 건강한 몸을 몇 번이고 손에 넣어 요사노를 습격했다. 요사노의 몸이 이능력에게 크게 차여 날아갔다.

무심코 신음소리가 흘러나왔다. 체력은 줄기만 할 뿐이고, 부상은 늘기만 할 뿐이었다.

다니자키는 가랑눈에게 완벽히 희롱당하고 있었다.

애초에 환상을 보기 때문에, 다니자키는 가랑눈을 눈으로 확인할 수조차 없었다. 난데없이 휘두른 주먹에 맞았고, 발에 차였고, 지면에 나가떨어졌다. 이미 만신창이였다.

휘청거릴 때 얻어맞아 머리부터 쓰러졌다.

얼굴부터 지면에 처박혀 극심한 통증이 휘돌았다. 쓰러져 엎드린 머리에 『가랑눈』이 발을 올리는 기척이 났다.

팔다리의 감각이 약해져 갔다.

탐정사 빌딩 옥상에서는 구니키다가 싸우고 있었다.

폭발음이 울리고, 옥상 출입구가 파괴되었다. 돗포 시인의 짓이다.

옥상까지 도망쳐 온 구니키다는 폭풍에 날리면서도 공중에서 자세를 바로 잡고, 멋지게 착지했다. 손에는 샷건을 쥐고 있었다. 단, 구니키다의 온몸은 흙먼지투성이로, 군데군데에서 피가 났다. 안색은 흙색이었다.

그래도 구니키다는 포기할 줄 모르는 병사처럼 샷건에 총알을 넣었다.

철컥, 하고 샷건이 죽음에 다가가는 포효를 내질렀다.

같은 시간. 공장 밖의 굵은 파이프가 뒤얽힌 장소에서는 교카가 야차백설과 칼날을 맞대고 있었다.

단검과 검이 부딪쳐, 불꽃이 튀었다. 서로의 힘이 맞부딪치고, 뿌리치고, 거리를 벌렸다.

검술 실력은 호각. 하지만 체력이나 간격 유지 면에서는 교카가 불리했다. 무엇보다 교카의 마음에 있는 망설임이 칼끝에 드러나 있었다.

교카의 가슴에서 유품인 휴대전화가 흔들렸다. 그 무게를 느끼면서 교카는 야차백설을 응시했다.

부모님을 죽인 야차백설…… . 하지만 야차백설을 쓰러뜨리면 나는 또 이 녀석과 하나가 돼 야차가 되고 만다…… .

부모님의 원수이기에 용서할 수 없다. 용서하고 싶지 않다.

부모님의 원수이기에, 자신 곁에 돌아오게 하고 싶지 않다. 야차로 돌아가고 싶지 않다.

같은 이유에서 오는 다른 마음이, 교카 안에서 대항하며 싸웠다.

야차백설이 다시 습격해, 교카는 단검으로 막았다. 첫 번째 공격은 받아넘길 수 있었다. 하지만, 칼을 빼자마자 날아올 두 번째 공격은 막을 수 없다.

교카는 곧장 웅크린 뒤, 세 번째 공격을 날리게 될 야차백설의 검을 뒷걸음질하여 피하려고 했다.

휴대전화의 끈이 떠올라 야차백설의 칼날에 잘리는 것이 보였다.

아차, 하고 반사적으로 시선이 휴대전화를 향했다. 교카 자신은 버틸 수가 있었다. 하지만 휴대전화가 지면에 떨어졌다──.

야차백설이 교카의 틈을 놓칠 리가 없었다.

붉은 결정이 번쩍였다.

자신의 이능력에게 이길 수 있는 자는 없다——.

시부사와의 목소리가 멀리서 울리는 듯했다.

제4장

4-1

  뜨거워진 철이 부글부글 끓어오르는 용광로 위.

  아쿠타가와는 간신히 살아남았다.

  파괴된 난간에서 떨어진 뒤, 한 단 아래에 걸려 있던 통로를 붙잡을 수 있었던 것이다. 하지만 왼손이 위험하게 바닥판을 붙잡고 있는 정도. 언제 떨어질지 알 수 없었다.

  하물며 지금은 적인 라쇼몽이 있었다.

  목숨은 건졌다. 하지만 방심은 할 수 없는 상황에서, 아쿠타가와는 라쇼몽의 움직임을 노려보았다.

  예상대로 라쇼몽은 아쿠타가와에게 접근해 검은 칼날을 뻗었다. 아쿠타가와를 완전히 죽일 생각인 거겠지.

  아쿠타가와는 당황하지 않고 반동을 이용해 검은 칼날을 피하고, 그대로 통로로 기어 올라갔다. 다시 아쿠타가와와 라쇼몽이 마주 보았다.

  라쇼몽이 내뱉은 검은 천이 무수히 많은 검의 우리가 되어 아쿠타가와를 붙잡고 꿰뚫으려고 했다. 아쿠타가와는 검은 칼날에서 도망치려고 갈팡질팡했고, 그때마다 용광로에 걸려 있던 통로가 파괴되어 점점 퇴로가 차단되어 갔다.

통로를 매달고 있던 와이어가 라쇼몽에게 잘려, 통로가 기울었다. 뒤쪽 절반이 용광로에 떨어졌다. 철이 녹는 소리가 났다.

정신을 차려 보니, 아쿠타가와는 통로 한가운데에 우뚝 서 있었다. 앞으로 가면 라쇼몽에게 접근하게 되지만 뒤쪽 절반은 이미 용광로에 잠겨 들어갔다.

"쳇, 거리가 좁혀진 건가……."

작게 혀를 차고 분하다는 듯이 아쿠타가와가 중얼거렸다.

단순히 검은 띠를 날리기만 하면 피할 수 있다. 그렇다면 숨통을 끊어 놓겠다는 것처럼 라쇼몽이 아쿠타가와에게 덤벼들었다.

"노린 대로다."

코앞으로 온 라쇼몽을——— 아쿠타가와가 뒤로 휙 던져 버렸다.

덤벼든 기세가 지나쳐 라쇼몽의 몸이 용광로로 떨어졌다.

라쇼몽의 몸이 철과 함께 녹았다고 생각했는데.

"!"

용광로 안에서 검은 천에 휩싸인 얼굴을 내밀었다.

철을 녹일 정도의 열 안에서도 라쇼몽은 살아남은 것이다.

느릿한 걸음걸이로 한쪽이 용광로에 잠긴 통로를 라쇼몽이 올라왔다.

"……내 이능력이니 그렇게 나와야지. 그러나……."

아쿠타가와가 작게 말한 다음, 외투 안에서 수류탄을 꺼냈다. 무장 탐정사에만 무기가 있는 건 아니다. 마피아가 빈손으로 싸우러 올까 보냐.

아쿠타가와가 보는 앞에서 라쇼몽의 다리가 둔해졌다. 라쇼
몽의 다리와 통로를 풀처럼 연결하는 것이 있었기 때문이다.

──철이다.

용광로에 잠겨 라쇼몽의 몸에 휘감긴 녹은 철이 천천히 식어
라쇼몽의 다리를 통로에 고정하기 시작했다.

움직이지 않는 다리에 라쇼몽이 어리둥절해 했다. 그 틈에 아
쿠타가와는 수류탄의 핀을 빼냈다.

라쇼몽이 날리는 칼날을 재빨리 빠져나가며 외침과 함께 수류
탄을 쥔 손에 힘을 주어, 라쇼몽의 배에 비틀어 넣었다.

흰빛이 번쩍이고, 라쇼몽의 배 안에 있던 붉은 결정이 사방으
로 흩어졌다.

사람의 형태를 하고 있던 라쇼몽이 검은 안개가 되어 아쿠타
가와의 몸으로 빨려들어 갔다.

아쿠타가의 외투에서 검은 광견이 포효했다.

아쿠타가와가 오만하게 중얼거렸다.

"그러면 된다……. 너는 여기에 있어라."

안개에 휩싸인 어두운 밤 속을 아쓰시는 필사적으로 달렸다.

호랑이가 포효하며 아쓰시를 쫓아왔다. 강력한 다리가 지면
을 차고 아쓰시에게 육박했다.

얼마나 달렸는가, 교카 일행은 어디에 있는가, 자신은 어디로

왔는가. 그것마저도 알 수 없었다. 아는 것은 호랑이를 상대로 아쓰시는 도망갈 수밖에 없다는 것뿐이었다.

맨 처음에 보였던 제철소 같은 것이 안쪽에 보이니, 아직 부지 내이긴 하겠지.

굵은 회색 파이프에 둘러싸인 장소로 나왔다. 뒤를 돌아본 아쓰시를 호랑이가 덮쳤다.

아슬아슬하게 피한 호랑이의 발톱은 그래도 아쓰시의 오른팔을 스쳐 갔다. 충격으로 아쓰시의 몸이 멀리 날아가 버렸다.

"……윽."

꽈당하고 지면에 내동댕이쳐져 한숨을 내쉬었다. 몸이 말을 듣지 않아 제대로 움직일 수 없었다. 이대로는 큰일이야…….

온몸의 통증을 참으면서, 아쓰시는 무언가를 찾듯이 고개를 들었다. 그러다 한 아름 정도 크기의 콘크리트 파편이 굴러다닌다는 사실을 깨달았다. 이 정도 크기의 파편을 어떻게 잘랐는지 단면은 매끈했다.

무기가 될지도 모른다. 하다못해 방어에 도움이 될지도 모른다.

적어도 아무것도 없는 것보다는 좋겠지. 아쓰시는 필사적으로 콘크리트 파편에 접근해 안아 올렸다.

바로 옆에서 격렬한 금속음이 들렸다.

"!"

"이 소리는." 하고 고개를 움직였다. 보니, 그곳에는 야차백설과 싸우는 교카의 모습이 있었다. 계속 도망치는 사이에 합류

할 정도로 가까워진 모양이었다.

야차백설이 검을 날카롭게 겨누는 모습이 보였다.

아쓰시가 호랑이에게 도망치고 있을 때, 교카는 계속해서 야차백설과 칼날을 맞대고 있었다.

휴대전화에 정신을 빼앗긴 틈을 노린 공격으로 죽을 뻔했던 위기는 간신히 벗어났지만, 이미 체력은 바닥났다. 단검도 언제까지 버틸지 알 수 없었다. 이능력인 야차백설의 검과는 달리 교카의 단검은 소모된다. 물론 교카 자신도.

무엇보다 야차백설이 분명한 살기를 부딪쳐 오는데, 교카가 그 정도의 결의를 하지 못한 것도 큰 원인이었다.

살의를 칼날에 실어 야차백설이 검을 휘둘렀다.

아름다운 가면을 쓴 얼굴에는 감정 따윈 없었다. 그야말로 살인 인형이다.

──야차는 살인의 화신. 나는…….

교카는 야차백설의 검을 단도로 막고 다시 튕겨 냈다.

──나는…….

다양한 감정이 마음의 안쪽에서 날뛰었다. 야차백설이 검을 휘둘렀다. 그렇게 하는 것이 본능이라는 듯이. 상처 입히고, 죽이기 위한 행동이 당연하다는 듯이. 하지만.

──그래도 나는──……!

까앙!

야차백설과 칼날을 맞부딪쳤던 교카의 단검이 드디어 부러졌다.

"!!"

숨을 삼킨 교카를 향해 야차백설이 거리를 좁혔다. 칼끝이 교카를 노린다.

교카의 눈동자가 흔들렸다.

휴대전화가 울린 듯한 기분이 들었다.

'———그래도 너는 그 힘을 모두를 지키기 위해 사용하고 싶지?'

"……!"

한순간 교카의 호흡이 멈췄다.

뇌리를 스친 것은 부드러운 미소를 가득 머금은 다정해 보이는 여성의 모습.

교카, 하고, 사랑을 담아 자신을 부른 것 같았다.

———엄마.

목소리는 닿지 않는다. 말을 주고받을 수는 없다.

하지만, 그래도, 다정한 미소와 따뜻한 말을 가슴에 새길 수는 있다.

맹세할 수도 있다.

"……!"

뜨거운 것이 뺨을 적시고 있다는 사실을 알 수 있었다.

환영을 본 것은 찰나의 일이었다.

교카가 눈치챘을 때는 야차백설의 칼날이 바로 앞으로 다가와 있었다.

목을 찔리고 꿰뚫려 죽는다──.

그런 생각을 했을 때, 목소리가 들렸다. "교카!"

교카의 몸이 흔들렸다.

엄마와는 달랐다. 하지만 마찬가지로 따뜻한 울림을 지닌 목소리를 듣고 눈물방울이 떨어졌다.

"교카!"

아쓰시는 그야말로 교카가 살해당하려고 하는 참에 교카를 발견했다.

야차백설이 날린 찌르기가 교카의 목 부근으로 육박했다.

아쓰시는 교카의 이름을 부르면서 둘 사이에 끼어들었다.

안아 올린 콘크리트 파편으로 야차백설의 검을 막았다.

충격이 아쓰시에게까지 전해졌다. 하지만 상관없었다. 적어도 교카는 지킬 수 있었으니까!

야차백설의 검을 받아 낸 채로, 아쓰시는 어딘가 멍한 교카에게 속삭였다. 이마의 붉은 결정을 노리는 거야, 라고.

지금이라면 야차백설의 검은 콘크리트 파편에 깊이 꽂혀 있다.

아쓰시가 콘크리트 파편을 안고 있는 한 야차백설은 만족스럽게 움직일 수 없다.

"지금이야!"

"!"

아쓰시의 말에, 교카가 재빨리 반응했다. 지면을 차고 야차백설에게 달려들었다. 어느새 빼낸 것인지, 교카의 손에는 평소 오른쪽 어깨에 걸고 있던 *다스키가 있었다.

교카는 다스키를 야차백설의 목에 두르고, 등을 맞대며 자신의 체중을 기울여 졸랐다.

소리도 없이 살며시 다가가 상대가 목소리마저 내지 못하게 하는 암살술. 그것을 이용해 교카는 폭주하는 야차백설을 구속하고——— 부러진 단검의 손잡이 부분으로 야차백설의 이마에 있는 붉은 결정을 때려 부쉈다.

결정이 흩어져 파편이 반짝였다.

붉은빛은 안개처럼 흩어져, 야차백설을 감쌌다.

이윽고 빛과 함께 야차백설의 모습이 사라졌다.

이것으로 이능력이 교카에게 돌아가는 건가? 아쓰시는 교카를 보고 확인하려 했다.

상황을 살피던 호랑이가 다시 아쓰시에게 덤벼들었다.

---

* 다스키(襷): 기모노의 양어깨에서 양쪽 겨드랑이에 걸쳐 열 십(十) 자 모양으로 엇매어 옷소매를 걷어매는 끈.

"!"

허를 찔렸어······!

호랑이는 아쓰시에게 머리부터 몸통 박치기를 시도했다. 오른다리를 달려들어 물려고 했다. '당했다!'라고 생각한 순간에는 이미, 아쓰시는 호랑이에게 물려 있었다.

콘크리트 파편을 끌어안은 아쓰시의 몸이 호랑이에게 붙들리고, 끌려간다.

교카가 당황한 얼굴로 쫓아오려는 모습이 보였다. 하지만 호랑이는 그것보다 더 빨랐다.

아쓰시를 물고 호랑이는 회색 경치를 날듯이 달렸다. 통증으로 정신이 아득해질 것 같았다.

막다른 곳인지, 파이프가 뒤얽힌 장소에서 겨우 호랑이가 멈추나 싶더니, 아쓰시의 몸을 힘껏 내던졌다.

지면에 부딪친 어깨에 격심한 통증이 밀려왔다. 온몸의 뼈가 삐걱거렸다.

하지만 아쓰시는 아픈 몸에 채찍질을 하며 상체를 일으켰다.

호랑이가 도약해 달려드는 모습이 보였다.

호랑이의 턱이 아쓰시를 집어삼키려고 했다.

죽음이 엄니가 되어 아쓰시를 내리덮었다.

온몸에 소름이 끼쳤고, 신경 회로가 고속으로 정보를 전달했다.

바로 앞까지 다가온 죽음에 아쓰시가 폭발해 버렸다.

──웃기지 마······!

이런 곳에서 살해당하다니, 절대 그럴 수 없어!

삶에 대한 갈망이 몸을 태웠다.

무아지경이 되어 아쓰시는 손에 든 콘크리트 파편을 호랑이의 턱에 내던졌다.

절규. 고함. 공기를 떨게 하는 포효.

짐승 그 자체의 외침은 아쓰시와 호랑이, 어느 쪽의 것이었는지 판별할 수 없었다.

충격음이 울려 퍼졌다. 호랑이가 비명을 내질렀다.

그래도 모자라다며, 아쓰시는 콘크리트 파편을 거듭 발로 차서 호랑이의 입안으로 쳐넣었다.

꽂혀 있는 야차백설의 검이 호랑이의 위턱을 뚫으며 찢었다.

흰 칼날이 붉은 결정을 꿰뚫었다.

"──!"

결정은 분쇄되고, 파쇄되었다.

발광과 함께 호랑이가 사라졌다.

──……성공, 한 건가?

남은 콘크리트 파편이 지면에 떨어지는 소리가 났다.

파이프에 둘러싸인 부지에 고요함이 돌아왔다. 호랑이가 다시 나타날 징후는 어디에서도 보이지 않았다.

완전히 쓰러뜨린 거구나…….

호랑이를 쓰러뜨린 안도와 피로로 아쓰시의 다리에서 힘이 빠졌다. 풀썩, 하고 그 자리에 확 주저앉았다.

쫓아와 준 건지, 달려서 다가온 교카가 아쓰시 앞에 앉았다.

"상처는?"

걱정스럽게 교카가 아쓰시의 팔에 입은 상처를 들여다보았다.

"괜찮아....... 힘이 돌아오면 호랑이의 치유 능력으로 상처도 나을 거야."

아쓰시가 고개를 끄덕이자, 교카는 안심했다는 듯이 숨을 내쉬었다. 하지만 금방 무언가를 깨달은 것처럼 시선을 올렸다. 무슨 일인가 해서 교카의 시선을 좇아 보니, 안개 너머에 솟은 칠흑의 탑이 보였다.

달을 따르게 하고, 밤을 지배하는 이상한 모양의 탑.

마왕이 숨기에 딱 어울리는 외관이었다.

주검성채.

이 '안개' 의 주모자인 시부사와 다쓰히코가 있을 것이 분명한 장소.

습격해 온 이능력을 쓰러뜨려 힘을 되찾은 지금, 이제는 시부사와 다쓰히코를 제거하는 것뿐. 주검성채를 향해 가는 것뿐이었다.

무엇보다 저곳에는 다자이가 있다.

다자이가 무슨 생각을 하고 있는지, 아쓰시는 모른다. 하지만, 하고 아쓰시는 생각했다.

──다자이 씨를 구하면, 틀림없이 어떻게든 해 줄 거야.

그렇게 믿고 중얼거리는 아쓰시에게 교카가 힐끔 시선을 돌린 듯한 기분이 들었다.

그때, 아쓰시와 교카 사이에서 누군가가 낡은 휴대전화를 내밀었다.

지면에 떨어져 있었을 교카의 휴대전화였다. 야차백설이 내민 것이다.

야차백설의 흰 가면 위의 이마에는 이미 붉은 결정이 붙어 있지 않았다. 덤벼들 낌새도 없었다.

야차백설이 소중한 것이라는 듯 내민 휴대전화를 교카는 일어서서 살짝 받아 들었다. 둘도 없는 소중한 물건을 이어받듯이.

야차백설이 유유히 빛나더니, 인광(燐光)이 되어 교카에게 빨려 들어갔다.

이것으로 정말——.

"……이능력이 돌아온 거구나?"

아쓰시는 교카에게 확인했다.

교카가 작게 고개를 끄덕이고, 휴대전화의 끈을 다시 묶어 목에 걸었다. 그런 교카의 모습에, 아쓰시도 가슴을 쓸어내렸다. 단지, 문제가 하나 있었다.

아쓰시 자신의 이능력이었다.

아쓰시는 자신의 몸을 내려다보고 눈썹을 찡그렸다.

"나에게는 호랑이의 치유 능력이 돌아오지 않았어."

부상은 낫지 않았고, 온몸도 여전히 아팠다.

호랑이를 쓰러뜨렸는데, 왜지?

"왜 교카만 이능력이 돌아온 거지?"

아쓰시의 의문에 대답하듯이 기침 소리가 들려왔다.

쿨럭, 쿨럭, 하고 괴로운 듯이 호흡하면서 다가온 사람은 아쿠타가와였다.

꽤 가혹한 싸움을 거친 듯, 상처투성이인 모습을 하고 있었지만 눈빛에는 자신감이 넘쳤다.

당당히 서 있는 아쿠타가와를 보면 전과(戰果)는 분명했다.

"……너도 이능력이 돌아온 건가."

아쓰시는 눈앞에 서 있는 아쿠타가와를 올려다보았다.

아쿠타가와와 교카. 두 사람 모두 자신의 이능력과 싸워 승리를 거둔 것이겠지.

하지만 그런 것으로 따지면 아쓰시도 마찬가지다.

"왜 나만 돌아오지 않는 거지?"

이유를 몰라서 주먹을 꽉 쥐었다.

"어리석은 자식."

아쿠타가와가 내뱉었다.

"아직도 모르겠나!"

"!"

갑작스러운 매도에 아쓰시의 몸이 굳었다.

눈 뒤에 떠오르는 것은 마찬가지로 자신을 매도한 원장의 모습. 그리고———— 장엄한 하얀 문.

요즘 들어 몇 번이고 몇 번이고 머리를 스치는 이미지. 하지만 그것이 무엇을 의미하는지 아쓰시는 몰랐다.

"뭐지……?"

아쓰시가 멍하니 중얼거렸다.

대답을 알고 싶었다. 그런데 뇌가 생각하는 것을 거부했다. 머리가 깨질 듯이 아팠다. 왜?

"대체 뭐냐고!"

아무것도 알 수 없어서, 아쓰시는 아우성치듯이 외쳤다. 자연히 자신을 지키듯이 팔로 몸을 감았다.

의미를 알 수 없는 문의 이미지와 돌아오지 않는 이능력. 관계가 있다고 하는 건가. 아쿠타가와는 알고 있다는 것인가.

조바심과 초조함에 아쓰시의 몸이 바르르 떨렸다.

그런 아쓰시의 옆을 아쿠타가와가 검은 외투를 흔들며 빠져나갔다.

"아쿠타가와!"

무심코 그 자신감 넘치는 등에 고함을 쳤다.

"무슨 의미지?! 이봐!"

목소리를 높여도 아쿠타가와는 돌아보지 않았다. 안개 너머, 주검성채를 향해 떠나갔다.

왜. 어째서……!

자신만이 아무것도 모르는 것인가.

이유를 알 수 없는 공포가 아쓰시의 발밑에서 기어 올라왔다.

그때까지 아무 말 없던 교카가 꾹 입술을 닫더니, 아쓰시에게 말했다.

"부상이 심해. 너는 여기서 쉬고 있어."

"뭐?"

뻐끔하게 아쓰시가 입을 벌렸다. 교카가 무엇을 말하고 싶은지, 이해할 수 없었다. 교카가 아쓰시에게서 등을 돌렸다.

"……교카?"

동요하면서도 아쓰시는 교카에게 말을 걸었다.

"말하지 않아서 미안해……. 알려지길 원하지 않았어."

"뭘?" 하고 묻는 아쓰시에게 교카는 살짝 주저한 후 대답했다.

"휴대전화로 움직이는 야차백설을."

교카가 살짝 아쓰시를 돌아보았다.

"사실은 싫어하고 싶지 않았다는 것을."

"………."

──그렇게 생각했던 건가……. 몰랐다는 것에, 눈치채지 못했다는 것에, 충격과 죄책감이 솟구쳤다.

교카가 조용한 결의를 가득 채운 얼굴로 말했다.

"임무는 내가 완수할게."

교카의 다리가 다시 움직여, 조금 전의 아쿠타가와와 마찬가지로 주검성채를 향하기 시작했다.

"교카!"

잠깐만, 하고 말하며 아쓰시는 교카를 뒤쫓았다. 하지만 호랑이에게 상처 입은 몸은 말을 듣지 않았다. 일어서려고 했지만 금방 지면에 쓰러졌다.

껄끔거리는 지면에서 기어오를 수 없었다.

"……교카———!"

목이 터져라 외쳐도, 불러도, 아쓰시의 목소리는 닿지 않았다.

안개가 주변에 충만해지기 시작해, 교카의 뒷모습도, 주검성채도 숨겨 버렸다.

번뇌로 가득 찬의 흰 어둠이 아쓰시를 에워쌌다.

4-2

　요코하마가 안개에 뒤덮여 많은 일반인이 소실되고, 안개 안쪽과 제대로 연락을 할 수 없게 된 오늘 밤. 안개 밖에서는 많은 사람이 많은 처리와 대처에 나섰다.

　그 대부분이 2차 피해나 3차 피해 대처인 가운데, 이능력 특무과의 사카구치 안고는 사건을 근본적으로 해결하려 힘썼다. 그렇기에 안개에 말려들지 않도록 피난했고, 요코하마가 안개에 휩싸인 뒤로는 계속 안개 내부와 연락을 할 수 없을까 하여 통신을 계속하고 있었다.

　구니키다와의 통신을 끝낸 뒤에도, 안고는 통신실에서 세세한 사전 협의나 처리를 진행했다. 특무과의 다른 사람들도 마찬가지였다.

　통신실을 가득 메운 모니터의 구동음과 키보드를 두드리는 소리 속에서 이질적인 음이 섞였다.

　문밖에서 소란스러운 소음이 들려왔다.

　안고가 나지막하게 중얼거렸다.

　"……왔군요."

　"뭔가요?"

안고의 목소리를 들은 직원이 고개를 갸웃했다.

"A5158입니다."

질문한 직원과 달리, 안고는 손을 멈추지 않고 담백하게 대답했다.

누군가가 통신실의 문을 거칠게 발로 차서 열었다. 구부러진 문이 날아가 바닥에 튀었다.

문이 사라져 제구실을 못 하게 된 입구에서 천천히 들어오는 사람 그림자가 있었다.

광택 있는 검고 긴 외투와 옷과 같은 천으로 만든 검은 모자. 모자 아래에는 곱슬곱슬한 긴 갈색 머리가 엿보였다.

개성적인 스리피스(three-piece)는 그의 작은 몸집에 잘 어울렸고, 신사인 듯 뽐내면서도 동시에 소탈함이 느껴졌다.

특수(特殊).

그를 표현하자면 그 한마디 외에는 할 말이 없었다.

스며 나오는 위압감, 속세에 찌든 분위기, 감미롭게 정돈된 외모 속에 두드러지는 날카로운 눈빛——.

모든 것이 특수했다.

검은 장갑을 낀 그의 손이 주머니에 걸려 있었다.

"전화 한 통으로 나를 배달 음식처럼 불러내다니, 배짱 한번 좋군."

그—— 나카하라 추야는 오만하게 말을 내뱉었다.

포트 마피아의 간부인 추야의 등장에 이능력 특무과의 직원들이 술렁였다.

안고는 추야에게는 대답하지 않고, 일단은 일어서 직원들에게 자리를 비워 달라고 말했다.

추야는 아무 말 없이 안고를 응시했다.

이윽고 통신실에서 직원이 떠나 안고와 추야, 단둘이 된 후. 안고가 추야를 향해 그제야 입을 열었다.

"이곳은 정부 시설입니다. 이런 짓을 하고 그냥 넘어갈 거라고 생각합니까?"

"그냥 넘어갈지 어떨지를 결정하는 사람은 나다."

추야가 눈을 부릅뜨고 안고를 날카롭게 쏘아봤다.

"네놈이 아니라."

"당신은 저에게 빚이 있을 텐데요."

"그건 네 쪽이지."

안고의 말과 겹치도록, 추야가 지체 없이 말했다.

"……무슨 이야기죠?"

빛이 안경에 반사돼, 안고의 표정은 보이지 않았다.

"시치미 떼지 마. 내가 아무것도 모를 거라고 생각했나?"

추야는 위압감 있는 목소리로 안고를 압박했다. 살기를 띤 눈동자로 안고를 쏘아보았다.

"6년 전 이야기다!"

안고가 조용히 눈을 가늘게 떴다. 하지만 입을 열지는 않았다.

"그러니까 네놈은 안 되는 거야……!"

아무 말도 하지 않는 안고에게 안달이 난 듯이 추야가 벽을 때렸다.

통신실의 벽이 크레이터처럼 파였다. 파편이 후둑후둑 흘러 떨어졌다.

압도적인 힘을 보여 주면서, 추야는 거짓말을 허용치 않겠다는 듯 박력 넘치게 안고를 노려보았다.

그래도 안고는 동하지 않았다. 담담하게 추야에게 물었다.

"뭐가 말입니까?"

추야가 낮은 목소리로 알렸다.

"6년 전의 용두 항쟁에서 몇십 명이나 죽인 시부사와…… 녀석을 뒤에서 조종한 것이 너희 공무원들이잖나."

"……."

아무 말 없는 안고에게 추야가 말을 계속했다.

"표면적인 이유는 도시 전체를 말려들게 한 항쟁을 멈추기 위해서다. 그를 위해 시부사와를 항쟁에 투입했다. 하지만 녀석의 머리에 질서 유지 따윈 처음부터 없었어. 시체의 수를 늘렸을 뿐이지."

밉살스럽다는 듯이 추야가 고운 얼굴을 일그러뜨렸다.

"그래도 네놈들 정부가 녀석을 계속 지킨 것은 녀석이 '국가 규모의 이능력 침략'에 대항할 수 있는 귀중한 이능력자이기 때문이다. 그래서 녀석이 국외에서 아무리 시체를 만들어도 눈을 감는 것을 넘어 증거인멸이라는 뒤처리까지 하는 형편…… 눈물이 나는군."

비아냥거림을 포함한 추야의 조소에도 안고는 부정도 정정도 하지 않았다.

실제로 모두 추야의 말대로였기 때문이다.

6년 전.

5000억 엔이라고 하는 거금을 계기로 시작된 요코하마의 항쟁은 몇몇 암흑 조직까지 포함한 대항쟁으로 발전했다. 당시의 정부는 항쟁을 종결시키기 위해 자신들이 키우고 있던 시부사와를 투입했다.

하지만 키우고 있다고 생각한 것은 정부뿐이었다.

시부사와는 정부의 지시 따위는 아무렇지도 않게 무시해 버렸다.

무엇이 목적인지, 시부사와는 잘됐다는 듯이 항쟁을 확대시켜 많은 인명을 빼앗았다.

정부의 지시를 무시했을 뿐 아니라 배신했다고까지 할 수 있는 시부사와는 보통이라면 바로 처분되어야 했다. 하지만 정부는 시부사와를 죽이지 않았다. ——아니, 죽일 수 없었다.

정부 입장에서는 시부사와를 결코 포기할 수 없었기 때문이다.

어쩔 수 없이 정부는 시부사와를 계속 방치했다.

추야가 말한 대로, 국외에서 시부사와가 능력자를 죽일 때에도 '시부사와라는 이능력자의 존재'가 타국에 알려지지 않도록 증거를 인멸하고 정보를 통제했다.

일찍이 구니키다가 시부사와에 의한 피해자 정보를 얻었을 때, '그 정도로 강력한 이능력이라고 하면 반드시 국제 수사 기관에 정보가 있을 거다'라고 말한 것은 옳았다. 원래라면 시부사와 정도나 되는 능력자의 존재는 세계적으로 알려져 있어도 이상하지 않았다.

그럼에도 시부사와에 관한 정보가 모두 불명확했던 것은 다름 아닌 이능력 특무과가 그 정보를 숨겼기 때문이다.

이유는 시부사와가 지닌 이능력의 특수함에 있었다.

14년 전처럼 이능력을 투입하는 대전(大戰)이 다시 일어나면, 시부사와의 이능력은 절대적인 효과를 발휘하리라. 그래서 정부는 '만약의 사태'에 대비해 시부사와를 계속 보호해 왔다.

———국내로 돌아와 요코하마에 쳐들어가는 폭주를 벌이기까지는.

정부가 오산을 했다면 그것이었다.

시부사와는 역시 정부에 길러질 만한 인간이 아니었고, 그에 더해 시부사와를 요코하마로 안내한 '공범자들'의 존재가 오산이었다.

정부의 의도도 오산도 다 알면서, 안고는 천천히 말을 흘렸다.

"……모든 것은 이 나라의 평화를 위해서입니다."

안고의 말을 듣고 추야의 표정이 험악해졌다. 안고의 멱살을 잡고 들어 올렸다.

"말을 할 때는 조심해야지, 교수 안경……."

추야의 눈에 깃든 것은 틀림없는 살의였다.

"네놈들이 녀석을 보내지 않았으면, 내 동료 여섯 명은 지금도 살아 있었다."

6년 전, 뜻을 다 이루지 못하고 죽은 부하들의 얼굴을 추야는 지금도 한 명 한 명 떠올릴 수 있었다. 시부사와에게 살해당했을 때의 죽은 얼굴도 마찬가지였다. 도저히 잊을 수 없었다.

"저를 죽일 겁니까?"

공중에 매달려 호흡이 고통스러운 가운데, 안고도 역시 추야에게 진지한 눈빛을 보냈다.

"상관없습니다. 당신에게 의뢰하겠다고 결심한 시점에, 각오는 했습니다."

"결정됐군."

결연하게 말한 안고에게 추야는 흥이 깨진 목소리로 대답하고, 난폭하게 안고의 몸을 내던졌다.

통신실의 청결한 바닥에 안고가 내동댕이쳐졌다.

추야는 안고를 내려다보고, 냉담하게 통지했다.

"의뢰는 받지. 보수는 네놈의 목숨이다."

오싹할 정도로 냉혹한 표정을 짓는 추야를 보고 안고는 숨이 막힐 듯했다. 식은땀이 이마를 타고 흘렀다.

하지만 안고는 자신의 말을 뒤집을 생각은 전혀 없었다.

반격의 봉화를 올려야 했다. 요코하마와 그곳에 사는 모든 사람들을 위해서.

막간 · 3

안개 중심에 서 있는 탑 안, 여러 결정체가 장식된 드라코니아
에 다자이 오사무가 서 있었다.

벽을 가득 메운 결정체는 모두 붉은 피의 색으로 빛났고, 하나
하나에 담겨진 이능력자들의 생(生)과 사(死)를 느끼게 했다.

아무 말 없이 결정체를 바라보던 다자이의 등 뒤에서 문이 열
리는 무거운 소리가 났다.

다자이가 돌아보니, 그곳에는 표도르의 모습이 있었다.

"계획대로군요."

그렇게 말하면서 표도르는 손을 뒤로 돌려 문을 닫았다. 섬세
한 손가락으로 열쇠를 들고, 마술 같은 동작으로 돌렸다. 철컥
하고 자물쇠가 잠기는 소리가 들렸다. 이것으로 이제, 드라코
니아 안에는 단 둘뿐이었다. 시부사와가 없는 상황에서 일부러
문을 잠근 열쇠에서는 비밀의 향기가 떠돌았다.

"그래…… 계획대로야."

다자이는 조용히 고개를 끄덕이고 표도르에게 말을 걸었다.

"정말…… 고생했어. 녀석에게 의심을 받지 않고 이곳까지
잠입하려고."

표도르는 다자이에게 다가가지 않고, 그것보다도 벽에 장식된 결정을 물색하듯이 드라코니아의 가장자리를 걸었다.

"그런데." 하고 다자이가 물었다.

"자네가 나와 손을 잡은 진짜 이유는 뭐지?"

"제 입장에서 세계가 마땅히 그러해야 할 모습을 추구했을 뿐입니다."

선반을 바라보면서 표도르는 걸었다.

"단, 여흥은 많은 편이 좋지 않습니까."

표도르의 손이 선반으로 뻗었다. 가느다란 손가락이 결정체두 개를 집어 들었다.

다자이가 표도르의 여흥이라는 단어에 반응했다.

"어릿광대는 누구인가, 라는 말인가?"

표도르를 향한 다자이의 눈빛은 의외일 정도로 냉담했다.

"자네와 손을 잡을 생각은 없었지만, 시부사와를 어릿광대로 만들기 위해서는 어쩔 수 없었지."

다자이는 그렇게 말하고 살짝 눈을 아래로 내렸다.

"녀석은 일본 정부마저도 농락한 남자니까."

다자이의 말에 표도르는 엷은 미소로 동의했다.

"그는 다자이 씨의 안내가 있든 없든, 처음부터 이 요코하마에서 안개를 일으킬 생각이었으니까요."

두 개의 결정체를 손에 든 표도르가 발걸음의 방향을 바꾸었다.

마찬가지로 다자이도 역시 그 자리에 멈추길 그만두고 걷기시작했다.

드라코니아의 중앙에 놓인 비어 있는 대좌 앞에서, 다자이와 표도르는 한없이 가까워졌다.

하지만 두 사람은 그대로 걸음을 멈추지 않고 스쳐지나가, 천천히 돌아서 마주 보았다.

"받으시죠."

표도르가 결정체 두 개를 내밀었다.

"이 두 개가 이곳에 있는 이능력 결정체 중에서는 최고의 조합입니다."

결정체는 표도르의 손 위에서 떠올라 빙글빙글 회전했다.

붉은빛이 샹들리에처럼 빛을 반사했다.

언제부터 점찍었는지, 표도르는 결정체 두 개에 대해 술술 설명했다.

"하나는 보이는 범위의 이능력자를 한곳에 모으는 결정체. 또 하나는 닿은 이능력자끼리의 이능력을 혼합해 하나의 이능력으로 만드는 결정체……."

표도르가 악마의 웃음을 띠었다.

"이 두 개로 컬렉션을 모두 흡수하면, 에너지원이 끊겨 안개를 유지할 수 없어집니다."

전에 이 드라코니아에서 시부사와가 말했듯이, 요코하마 전역을 뒤덮을 정도로 대규모의 안개를 유지하는 것은 방대한 양의 결정체 덕분이었다.

그렇다면 드라코니아에 수집된 모든 결정체를 모아 한꺼번에 무효화하면, 안개는 간단히 사라지겠지.

다자이라면 가능하다.

표도르가 선택한 두 개의 이능력을 사용하면 가능해진다.

만약 다자이 혼자였다면 불가능했을 것이다.

왜냐하면 다자이가 무효화할 수 있는 것은 닿은 범위뿐. 다자이 자신은 안개를 무효화할 수 있지만, 다른 사람을 향한 안개의 힘은 무효화할 수 없다. 하물며 요코하마 전역에 펼쳐질 정도의 안개는 어쩔 수가 없다.

무엇보다 다자이 혼자서는 시부사와를 속이고 따돌릴 수 없다.

그렇기에 다자이는 표도르라는 협력자가 필요했던 것이다.

주검성채에 모인 세 사람, 다자이와 표도르와 시부사와는 각각 목적도 의사도 달랐기에 서로의 의도를 읽고, 배신을 경계하고, 셋이 대립하는 교착 상황이 만들어졌다.

하지만 목적을 같이하는 자가 나타나면 어떻게 되는가.

2대1이 되어 균형이 무너진다.

이번에 다자이와 표도르라고 하는, 요코하마의 안개를 없애겠다는 같은 목적을 지닌 사람끼리 손을 잡고 시부사와를 속이고 따돌렸다.

시부사와가 요코하마를 노리는 것은 피할 수 없다. 그것을 예측했기에 다자이와 표도르는 먼저 시부사와에게 협력하는 형태로 주검성채에 잠입한 것이다.

표도르는 두 개의 이능력이 담긴 결정을 들고 다자이에게 속삭였다.

"자아, 일단은 당신의 캔슬 능력으로 결정이라는 껍질을 무효화하고, 이능력을 마땅히 그러해야 할 모습으로 되돌려 주십시오."

표도르가 권유를 따르듯이, 다자이가 두 개의 결정체에 손을 뻗었다.

"아쓰시 일행이 무사하면 좋을 텐데⋯⋯."

다자이의 손가락이 결정에 닿자, 단단한 보석 같은 표면이 녹아 형태를 잃었다.

흐늘. 빛이 피처럼 액체가 되어 흐르고, 뛰어오르고, 돌고, 공중에서 서로 섞였다.

두 개였던 빛은 서로 녹고 회전하여, 하나의 완전한 구체의 형태를 만들었다.

만들어진 것은 사과.

싱그럽고도 독살스러운, 피의 붉은색으로 채색된 빛나는 사과였다.

다자이의 손안에서 만들어진 사과는 혼자서 상승해 드라코니아의 천장 근처에서 정지했다.

붉은 사과가 능력을 개화시켰다.

흡수. 그것은 그야말로 흡수였다.

넓은 드라코니아의 벽을 장식한 무수한 결정체. 그 모든 것을 강렬한 흡수력으로 사과가 거둬들여 갔다.

10, 100, 1000, 2000⋯⋯. 모든 결정체를 사과는 탐욕스럽게 먹어치웠다.

빨려 들어가는 결정체들의 빛이 폭풍이 되어 드라코니아에 거칠게 휘몰아쳤다.

눈부신 빛이 밀려들어, 눈을 제대로 뜰 수도 없었다.

수많은 결정체를 거둬들이고 사과가 부풀어 올랐다.

이미 붉은빛은 끓어올라 지옥 같은 양상을 보였다.

내포하는 과도한 힘이 공간을 압도했다.

하지만 다자이는 의연하게 자신이 만들어 낸 붉은 광구(光球)를 바라보며 중얼거렸다.

"이것을 만져 지우면, 모든 것이 끝난다."——라고.

늠름한 옆얼굴에는 결의와 책임이 번져 있었다. 다자이의 손가락이 거대화한 빛에 뻗어 가기 직전.

쿡, 하고 다자이의 등에 무언가가 부딪쳤다.

"……!"

다자이의 양쪽 눈이 크게 뜨였다.

열을 띤 통증이 가슴에 휘돌았다.

"말했지?"

다자이의 등 뒤에서 목소리가 들렸다. 흰 머리카락이 흐르고, 붉은 눈동자가 즐겁게 일그러졌다.

"내 예상을 넘는 자는 나타나지 않는다, 라고."

다자이의 등 뒤에 있던 사람은 드라코니아에 들어오지 못했어야 할 시부사와 다쓰히코.

시부사와의 손에는 둔탁하게 빛나는 나이프가 있었고, 나이프의 칼날은 다자이의 등에 꽂혀 있었다.

시부사와는 웃으면서 나이프를 더욱 깊게 꽂았다.

살이 잘리는 불길한 소리가 났다.

어느새 드라코니아에 침입한 것인지, 다자이를 찌른 시부사와는 나이프에서 손을 뗐다.

"계획이 성취되는 순간에 방심하는 정도의 사람이었나."

실망과 조소를 담아 말하는 시부사와의 등 뒤에서는 드라코니아의 바닥과 벽이 투명해져, 방대한 이능력 결정체의 컬렉션이 보였다.

다자이가 보고 흡수한 컬렉션은 아주 일부였던 것이다.

다자이는 맥없이 쓰러지면서 가슴을 누르고 신음소리를 냈다.

"문은…… 잠갔을 텐데──."

시선을 문과, 그리고 문을 잠갔던 표도르에게 보낸다.

표도르는 웃고 있었다. ──시부사와에게 찔린 다자이를 보고 매우 재미있다는 표정을 짓고 있었다. 그것만으로도 명백했다.

오호라, 하고 다자이는 중얼거렸다. 뜨뜻미지근한 피가 배어나와 외투에 둥근 얼룩을 만들었다는 것을 알 수 있었다.

"여기서 배신인가……."

"말했잖습니까. 여흥은 많은 편이 좋다고."

표도르가 차가운 미소를 다자이에게 내던졌다.

"당신이 여흥입니다."

표도르는 다자이와 결탁하지 않았다.

짜여진 계획은 표도르가 다자이를 불러내고, 시부사와가 찌른다는 것이었다. 2대1의 구도는 사람을 바꿔 넣어 성립됐다.

다자이와 표도르 대 시부사와가 아니었다. 다자이 대 시부사와 및 표도르였다.

표도르는 다자이에게 가담한 척하고 다자이를 드라코니아로 불러내어, 문을 잠근 것처럼 보이게 했다. 문은 잠기지 않아서, 시부사와는 나중에 자유롭게 드라코니아로 들어올 수 있었다.

"……그래서."

다자이가 고통스럽게 숨을 쉬면서, 도발적으로 시부사와를 올려다보았다.

"다음은 어떻게 할 거지?"

다자이가 바닥에 쓰러졌다.

"다음은 없다. 목적이었던 이능력은 이미 발견했다."

시부사와가 경쾌하게 손을 흔들었다.

"자네다."

형형하게 눈을 반짝이면서 시부사와는 바닥에 쓰러져 엎드려 있는 다자이를 내려다보았다.

"처음부터 내 목적은 자네 한 명이었네."

기대했던 곤충을 표본으로 삼기 전의 어린아이처럼, 시부사와는 순수한 눈빛이었다.

다자이가 어이없다는 듯이 숨을 내쉬었다.

"이런 과일 나이프로는 아플 뿐이라고 생각했는데."

다자이는 시부사와에게 슬쩍 시선을 돌렸다.

"……독인가."

"치사성이 있는 마비 독이다."

시부사와가 가학적인 웃음을 지었다. 손가락 하나, 제대로 움직일 수 없는 다자이에게 속삭였다.

"맛봐라."

감미로운 울림을 담아 시부사와가 말했다.

"자네가 갈망하던 죽음이다."

"이런 짓을…… 하다니." 약하디약한 목소리를 내면서도 다자이는 비꼬는 듯한 표정을 무너뜨리지 않았다.

시야가 흐릿해지고, 사지의 감각이 사라져 가는 것이 느껴졌다.

다자이가 인지하는 세계가 녹기 시작했다.

대신에 영원한 안도라는 구제(救濟)가 다가왔다.

평온하고 어둑어둑하며 무한한 어둠.

완만한 죽음이 다자이를 부드럽게 감쌌다.

"……기분이, 좋은걸?"

엷게 웃으며, 다자이가 눈꺼풀을 감았다.

가느다란 호흡이 완전히 사라졌다.

추욱.

다자이의 몸에서 힘이 빠졌다.

피웅덩이에 부수수한 머리카락이 잠겼다.

다자이 오사무가, 절명하는 순간이었다.

계속 죽고 싶어 했던 남자에게 겨우 찾아온 허무한 마지막에, 시부사와와 표도르는 흥미를 보이지 않았다. 그것보다도 안개가 떠도는 주검성채에서 숨을 거둔 다자이의 시체를 주시했다.

이윽고 다자이의 몸에서 결정체가 떠올랐다.

맑은 흰빛을 내는 결정체를 보고 표도르가 감탄했다는 듯이 눈을 가늘게 떴다.

"소유자가 죽어 이능력이 분리되기 시작했군요."

시부사와의 안개는 이능력자에게서 이능력을 분리하는 힘을 지녔다.

지금까지는 다자이 자신의 이능력이 무효화였기에 불가능했지만, 사망한 지금은 다자이의 이능력이 효력을 발휘하지 않는다. 즉, 시부사와는 다자이를 죽여 겨우 다자이의 이능력을 손에 넣을 수 있는 것이었다.

시부사와는 환희에 떨면서 다자이의 이능력 결정체에 손을 뻗었다.

"아아…… 이렇게 가슴이 고동치는 일은, 태어나서 처음이다——."

시부사와가 애타게 그리고 바라던 이능력이었다. 그를 위해 일부러 드라코니아의 중앙에 있는 대좌를 비워 두었다. 계속 갈구하던 이능력의 결정체를 장식하기 위해서.

시부사와는 빛나는 이능력 결정체에 손을 대려고 했다.

그 직전, 결정체에 변화가 일어났다.

"!"

시부사와의 눈앞에서 결정체가 서서히 붉게 물들어 갔다.

침식은 멈추지 않고, 맑은 흰색이 독살스러운 붉은색에 침범 당했다.

보는 사이에 다자이에게서 만들어진 결정체가 진홍색으로 물들었다. 희게 빛나는 결정체는 찾아볼 수 없었다.

시부사와의 양쪽 눈이 크게 뜨였다.

"……아니야? 이게 아니라고?"

시부사와가 뒷걸음질 쳤다.

이럴 리가 없다.

전율하는 시부사와는 표도르가 추하게 일그러진 웃음을 짓고 있다는 사실을 눈치채지 못했다.

진홍색 결정체는 점점 빛을 더해, 급기야 공중에 떠 있던 거대한 붉은빛과 서로 이끌리기 시작했다.

다자이와 표도르가 둘이서 만든, 드라코니아의 이능력 결정 컬렉션을 모은 붉은빛.

다자이가 지닌 무효화 이능력이 결정화한 진홍빛.

두 가지 빛은 엄청난 인력으로 결합되었다.

막대한 에너지를 지닌 거대한 진홍빛이 만들어지려고 했다.

생각지도 못한 사태에 시부사와의 얼굴에서 자신감이 떨어져 나갔다. 움푹 팬 눈동자로, 감당할 수 없을 정도로 부풀어 오른 빛의 구슬을 올려다보았다.

"뭐지……?"

'이것'은 대체 무엇인가.

대답이 나오기 전에 시부사와는 성장을 계속하는 빛에 튕겨 날아갔다.

羅生門

月下獣

独歩吟客

夜叉白雪

細

雨ニモマケズ

超推理

汚れっちまつた

悲しみに、

人間失格

罪と罰

人上人不造

제5장

5-1

안개에 휩싸인 제철소 부지에서 아쓰시는 혼자였다.

아쿠타가와도 교카도, 모두 아쓰시를 두고 가 버렸다. 아쿠타가와는 매도를 내뱉고, 교카는 염려해 주었지만, 어느 쪽이든 양쪽 다 먼저 가 버렸다는 것은 변함이 없었다.

아쓰시만이 계속 같은 장소에 머물러 있었다.

두 사람과 마찬가지로 이능력을 쓰러뜨렸는데, 호랑이가 이 몸으로 돌아올 낌새도 없었다.

분리됐던 호랑이가 낸 상처가 욱신거리며 피를 흘렸다.

──나에게는 뭐가 부족한 걸까.

고개를 숙였을 때, 갑자기 강한 바람이 불었다.

무슨 일인가 하고 고개를 든 아쓰시는 눈에 들어온 광경을 보고 경악했다.

안개 속에서 익숙한 문이 보였다.

장엄하고 중후하며 성스러운 하얀 문.

아쓰시의 마음 깊은 곳을 할퀴는 듯한 존재인 문에서 바람이 불고 있었다.

'그 문을 열지 마라!'

"!"

질책 같은 목소리가 등 뒤에서 들려왔다. 들은 적 있는 목소리에, 아쓰시는 움찔하고 어깨를 떨었다.

머뭇거리며 돌아보니, 그곳에는 고아원 원장이 아쓰시를 고압적으로 내려다보고 있었다.

또 꿈을 꾸고 있는 것인지도 모른다. 어쩌면 환상인지도 모른다.

하지만 꿈이나 환상이라도, 원장의 모습을 보는 것만으로 아쓰시의 가슴에는 진흙이 쌓였다. 악의에 가득 찬 원장의 말에, 얼마나 상처를 입었던가. 얼마나 고독을 맛보고, 괴롭고 힘든 일을 겪었는가. 이 사람만 없었다면, 하는 넘치는 증오를 억누를 수 없었다.

고아원 시절과 다름없는, 명령하는 것에 익숙한 원장의 목소리가 아쓰시의 귓속 깊숙이 울렸다.

'애초에 지금의 네놈에게 그 문을 열 힘 따위는 없다……. 그 각오가 네놈에게는 아직 없다…….'

──당신이, 나에 대해 뭘 안다는 거지? 외치고 싶었다.

당시에는 두려워서 거역할 수 없었지만, 지금은 다르다. 안식처를 얻기 위해 굶주렸던 어린아이가 아니다.

바람이 더욱 강해져, 아쓰시에게서 힘을 빼앗으려고 했다. 일어서는 것조차도 허용하지 않겠다는 듯이. 원장이 아쓰시를 붙들어 매듯이 말했다.

'기껏 호랑이의 힘을 잃었다. 결별하고 살아라. ……안심해

라. 아무도 너에게 기대 따윈 하지 않으니.'

——확실히, 그럴지도 모른다.

사실, 아쿠타가와도 교카도, 함께 가자고는 말하지 않았다. 실제로 지금 자신은 도움이 되지 않는다. 호랑이의 힘을 사용할 수도 없는 상처투성이인 모습.

하지만, 하고 아쓰시는 생각했다.

하지만 또 원장이 하라는 대로 하는 것은 절대 싫었다.

"······당신의 말에는 귀를 기울이지 않을 거야."

증오를 분노로, 분노를 힘으로 바꾸어, 아쓰시는 앞으로 발을 내디뎠다.

강풍에 휩쓸려 날아갈 것 같으면서도, 상처가 아파도, 걸음을 멈추지 않았다.

기어서라도 좋다. 한 걸음, 한 걸음 착실히 원장의 주박을 떨쳐 버리듯이 문으로 조금씩 다가갔다.

원장은 더 이상 두렵지 않아······!

강한 결의를 담아 아쓰시는 문에 손을 댔다.

원장의 귀에 거슬리는 목소리가 들렸다.

'알게 되면, 알기 전으로는 돌아가지 못한다.'

"······?!"

갑자기 공포가 아쓰시를 덮쳤다.

문에 손을 댄 채, 아쓰시는 주저앉으려 했다.

왜지? 이건——— 열어서는 안 되는 문인가?

스스로도 자신의 행동이 이해되지 않았다.

그저 몸이 공포로 움츠러들었다. 눈의 초점이 맞지 않았다.

문에 댄 손가락이 떨렸다.

'왜 그러지?' 원장의 조롱하는 목소리가 뇌리에 울렸다. '그 문은 잠겨 있지 않다.'

땀이 배어 나왔고, 아쓰시는 마른침을 삼켰다.

문에 닿은 아쓰시의 손이 움찔 움직였다.

5-2

마경(魔境)이라고 불리는 요코하마 조계의 중심지에 주검성채는 우뚝 솟아 있다.

그 정상에 만들어진 컬렉션 룸, 드라코니아에서 탑의 주인인 시부사와는 무방비하게 눈을 크게 뜨고 있었다.

지배자처럼 뽐내며 행동하던 모습은 없고, 그냥 멍하게 눈앞의 정경을 바라보았다.

흉악한 붉은빛을 발하며 폭풍을 일으키는 거대한 빛.

이런 것은 시부사와의 예정 안에 존재하지 않았다.

전율하는 시부사와에게 표도르가 옛날이야기를 들려주듯이 말했다.

"융합의 이능력과 무효화의 이능력. 상반되는 두 가지 이능력이 하나가 되어, 특이점이 생겼습니다."

"!"

시부사와의 시선이 표도르에게 쏟아졌다.

이 말투. 표도르에게는 예상 범위였던 것인가.

아니면——— 이것이야말로 표도르가 쓴 '각본'이었던 것인가.

충격으로 말을 잇지 못하는 시부사와 앞에서 표도르가 해골을 꺼냈다. 뒤꿈치를 울리며 시부사와에게 다가갔다.

"다자이 씨의 이능력을 손에 넣어도, 당신이 정말 원하는 것…… '잃어버린 기억'은 돌아오지 않습니다."

"어떻게 그걸 알지?!"

시부사와의 안색이 변했다. 무심코 일어선 시부사와에게 표도르는 아름다운 웃음을 보냈다.

"걱정 마시길."

표도르의 눈동자가 잔혹하게 빛났다.

"당신이 잃어버린 기억은 제가 메워 드리겠습니다."

어떻게? 하고 시부사와가 물어볼 여유는 주어지지 않았다.

표도르는 웃으면서 숨기고 있던 과일 나이프를 손에 쥐었다.

흰 칼날이 시부사와의 목을 베었다.

"아니……!"

시부사와가 두 눈을 부릅떴다.

붉은 피보라가 시부사와의 시야를 뒤덮었다.

무수히 많은 이능력 결정체가 지듯이, 아름다운 꽃이 피듯이, 시부사와의 피가 일대에 쏟아졌다.

격심한 통증은 충격에 가까워, 신경은 아픔을 감지할 수도 없다.

경치가 이상할 만큼 느릿하게 보였다.

"그게 죽음입니다."

표도르의 웃음이 피 너머에서 비쳤다.

"무언가 생각나지 않습니까?"

시부사와의 귓속 깊은 곳에서, 휘잉 하고 강한 바람이 불었다.

"……그런가."

생각났다. 쓰러지는 몸을 자각하면서, 시부사와는 생각했다.

"이 감각을…… 나는 알고 있다."

종언이면서도 화려하게 목숨이 빛나는 황금의 시간. 절망과 희망의 끊임없는 융합.

죽음이다.

흰 죽음의 빛이 시부사와를 가득 메웠다.

머나먼 기억이 죽음과 함께 되살아났다.

흰빛 안에서 시부사와 다쓰히코는 환상을 보았다.

6년 전, 실제로 있었던 과거의 환상이다. 잃어버렸을 머나먼 기억.

거절하지도 못하고, 그저 넋을 잃고 바라보았다.

환상 속에서 과거의 시부사와가 부드러운 목소리로 말하는 소리가 들렸다.

'그 원장은 너의 이능력을 오해하고 있어.'

6년 전의 시부사와가 서 있는 곳은 사방이 돌벽으로 둘러싸인 지하실. 채광창은 꽤 높은 곳에 있어 하늘의 색밖에 보이지 않았다. 마치 외부로 나가는 것은 물론 보는 것마저 허용하지 않겠다고 하는 듯한, 감옥 같은 공간.

낡은 돌로 만든 방에는 수상한 계측기나 대형 의료 기기가 옮겨져 있어 이채로웠다.

하지만 무엇보다도 방 중앙에 앉아 있는 소년이 눈에 띄었다.

부러질 듯이 가느다란 소년의 팔다리가 금속제 의자에 쇠고리로 고정되어 있었다. 쇠고리 구속구는 보기만 해도 튼튼해서, 소년이 아무리 발버둥 쳐도 꿈쩍도 하지 않았다. 소년의 지저분한 신발이 찰딱찰딱 가여운 소리를 냈다.

'네 이능력은 세계에서도 드문 존재……'

과거의 시부사와는 소년의 저항을 무시하고 감정이 북받친 듯한 표정을 지었다.

'이능력자의 욕망을 이끄는 유일한 이능력이다.'

'그러나.' 하고 시부사와의 목소리가 낮아졌다.

'어리기 때문인지, 그 이능력은 너의 안쪽 깊은 곳에 보관되어 있어, 내 안개로도 꺼낼 수가 없다.'

창문에서 비쳐드는 한 줄기의 빛은 시부사와에게도 닿지 않았다.

'그러니까.'

어둑어둑한 방에서 붉은 눈동자가 악마처럼 수상하게 빛났다.

'이건 너를 위해서다.'

시부사와가 자애에 찬 표정으로 옆에 있던 스위치를 눌렀다.

소년이 앉은 의자에 강한 전기가 흘렀다.

절규.

새된 비명이 실내를 채웠다.

소년의 사지가 경련했고, 날뛰었다.

하지만 팔다리의 구속구가 소년을 의자에 묶고 놓아 주지 않았다. 전격은 계속 흘러 과잉 전압이 자줏빛 전류가 되어 소년의 몸의 표면을 뛰어오르게 했다.

제대로 영양도 공급해 주지 않은 열두 살짜리의 육체로는 도저히 받아들일 수 없었다.

뇌신경이 모두 타 버렸다.

근육 섬유가 터지고, 혈관이 뚜욱뚜욱 끊어졌다. 덜걱덜걱 소년의 턱이 흔들렸다.

'자아.'

시부사와는 만족스럽게 유열에 잠겨 소년의 얼굴을 들여다보았다.

'나에게 놀라움을 선사해 주거라──.'

5-3

안개에서 나타난 문 앞에서 아쓰시는 머뭇거렸다.

──문 너머에는 무엇이 있을까. 나는 무엇이 무서운 걸까.

의문은 끝이 없었다. 공포도 사라지지 않았다.

그때, 문 너머에서 어린 소년의 비명이 들려왔다.

"!"

무언가가 있었던 건가? 예삿일이 아닌 절규에 아쓰시는 용기를 쥐어짰다.

희고 장엄한 문에 약동적인 호랑이가 그려져 있다는 사실을 처음으로 눈치챘다.

유난히 무거운 문을 힘껏 힘을 주어 억지로 열었다.

뻑뻑한 소리를 내며 열린 문 너머에서 돌로 만든 방이 보였다.

그곳은 기묘한 방이었다.

천장은 높고 빛이 들어오는 창문도 분명히 있는데, 어째서인지 묘하게 갑갑함이 느껴졌다.

방 안에는 잘 알 수 없는 기재가 많이 놓여 있고, 몇 가닥이나 되는 케이블이 중앙으로 뻗어 있었다. 방의 중앙에는 등을 돌린

장발의 그림자와 의자 위에서 날뛰는 어린아이의 모습이 보였다.

아쓰시의 심장이 차갑게 얼었다.

——저건, 뭐지? ……저건, 누구지?

방에 울리는 전기 튀는 소리. 처절한 비명.

의자에 구속되어 전격을 맞고 있는 소년. 그건——.

의자 위에서 울며 외치는 사람은 6년 전의 아쓰시였다!

——뭐지, 이건……?!

문 안을 바라본 채, 아쓰시는 할 말을 잃었다.

왜. 어째서. 생각조차도 제대로 할 수 없었다. 현기증이 났다.

나는 이런 과거를 모른다. 기억에 없다——. 생각하다가, 아니, 아니다, 하고 고개를 저었다.

……잊어버렸을 뿐?

기억의 깊숙한 곳 아래, 문 너머에 가두어 두고 있었을 뿐 아닌가——……?

너무나도 지우고 싶은 과거이니까.

아쓰시에게 과거를 들이대듯이, 6년 전의 아쓰시가 통증으로 괴로워했다. 그것을 보면서 아쓰시는 천천히 자각하기 시작했다.

6년 전.

아쓰시는 시부사와 다쓰히코라는 남자를 만났다. 계속 잊고 있었다.

그렇기에, 시부사와의 이름을 듣고 사진을 볼 때마다 가슴이 술렁였다.

시부사와는 고아원에 있던 아쓰시를 찾아가 방에 가두고, 계측기를 아쓰시에게 장착하여 구속했다. 그리고 전류를 흘렸다.

지금 아쓰시는 재생된 기억을 보고 있다.

기억 속에서 어린 아쓰시는 몸부림치며 고통스러워했고, 시부사와가 그 모습을 바라보고 있었다.

이윽고 어린 아쓰시의 가슴 부근에서 보석 같은 결정이 떠올랐다. 결정은 달처럼 창백하게 빛났다. 어린 아쓰시를 들여다보던 시부사와가 '오오…….' 하고 어딘가 이상한 웃음을 지은 모습이 보였다.

하지만 이변이 일어났다.

비명을 지르며 고통스러워해야 할 어린 아쓰시가 갑자기 소리를 멈추고 눈을 부릅뜬 것이다.

번쩍 뜬 눈동자는 사나운 호랑이의 눈으로 변해 있었다.

금색 눈에 검은 동공이 흔들렸다.

이어서 가늘었던 팔이 날카로운 발톱을 지닌 앞다리가 되었고, 지저분했던 신발을 신고 있던 발이 듬직한 뒷다리로 변했다. 튼튼해 보이는 쇠고리 구속구는 얇은 유리처럼 순식간에 튀어 날아가 버렸다.

그에 더해 분리되었어야 할 창백한 결정체에 달려들어 그걸 다시 집어삼켰다.

광폭한 엄니가 맞물렸다.

6년 전의 시부사와가 당황했지만 이미 늦었다.

소년 아쓰시는 완전한 호랑이로 변했다.

자신을 붙들었던 의자를 후려치고, 거창한 기기를 모두 파괴했다.

그리고─── 호랑이는 발톱을 세워 흰 남자를 찔렀다.

참격.

시부사와의 얼굴에 깊은 발톱 자국이 생겼다. 가죽이 좌악 벗겨지고, 뼈가 깎였다.

흰 방에 피보라가 흩날렸다.

무수한 이능력 결정체가 흩어지듯이, 아름다운 꽃이 피듯이, 시부사와의 피가 사방에 쏟아져 내렸다.

"생각났어."

안개가 만들어 낸 기억 속 방에서, 열여덟 살인 아쓰시는, 정신을 차려 보니 시부사와 다쓰히코와 마주 보고 있었다.

호랑이에게 살해당한 6년 전의 시부사와가 아니라 묘하게 멍하고 눈의 빛을 잃은 남자였다. 그가 왜 아쓰시와 마찬가지로 재생된 기억을 바라보고 있는지는 알 수 없었다. 자신의 일만으로도 벅찼다.

마음 안쪽 깊은 곳에 봉인해 둔 기억을 모두 기억해 내, 아쓰시는 "그래……." 하고 목소리를 흘렸다.

"그때 나는 발톱을 세웠어. 그때 나는 발톱을 세웠어. 그때 나는 발톱을 세웠어. 그때 나는 발톱을 세웠어……."

몇 번이고 몇 번이고 반복하며 아쓰시는 자신을 비난했다.

아쓰시와 마찬가지로 시부사와 다쓰히코도 중얼거렸다.

"그때 나는 스위치를 눌렀다……."

시부사와의 얼굴에는 6년 전과 마찬가지로 커다란 발톱에 당한 깊은 상처가 나타났다. 잊었던 기억의 모든 것이 되살아났다. 어린 아쓰시에게 고통을 준 끝에 반격을 당해 살해당한 것도, 모두 생각이 났다.

애초에 6년 전, 시부사와는 왜 아쓰시를 노린 것인가? 이유는 단순했다.

"네 이능력이 모든 이능력자의 욕망을 이끄는 이능력이라고 들었기 때문이다."

시부사와 다쓰히코의 말에, 아쓰시가 움찔하고 반응했다.

"그걸 누구한테 들은 거죠?"

묻는 대로 시부사와가 대답했다.

"표도르라는 러시아인……. 그리고 그때 나는──."

"──그렇습니다."

드라코니아에 있던 표도르가 기억을 여행하는 시부사와 다쓰히코에게 동의하듯이 혼잣말을 했다.

컬렉션 룸에 있는 드라코니아에 이제 살아 있는 사람은 표도르밖에 없다. 바닥에는 다자이의 시체가 누워 있었고, 조금 전까지 있었던 시부사와 다쓰히코의 모습은 돌연히 사라졌다.

하지만 표도르는 신경 쓰지 않고 거대한 빛의 광구 아래에서 손에 든 해골에 시선을 떨어뜨렸다. 항상 주검성채 최상층에서 사과와 함께 장식되어 있던 해골이었다.

후득. 해골에 칠해져 있던 도료가 벗겨졌다.

투둑, 파득파득, 티딕── 카득카득카득카득카득!

대량의 벌레가 알에서 부화하는 듯한 소리를 내면서 모든 도료가 벗겨져 떨어졌다.

흰 해골의 이마에는 깊은 발톱 자국이 남아 있었다.

그것은 바로 호랑이의 발톱 자국.

계속 주검성채에 장식되어 있던 해골은 시부사와 본인의 것이었다.

"그때 당신은 죽었습니다."

표도르가 동정심을 담아 시부사와의 해골에게 속삭였다.

"그리고 당신의 컬렉션을 이어받은 사람은."

시선이 슬쩍, 조금 전까지 시부사와 다쓰히코가 서 있던 장소를 향했다.

"시체에서 분리된 당신 자신의 이능력이었습니다."

아마 주검성채에 있던 시부사와 다쓰히코의 몸 어딘가에는 붉은 결정이 빛나고 있겠지.

자신이 인간이라고 굳게 믿은 이능력. 마치 희극이었다.

표도르가 해골을 들어 올렸다.

붉은 띠가 무수히 내달리며 드라코니아의 숨겨진 방을 밝혔다.

바닥에 숨겨둔 방에는 아직도 많은 결정체가 보관되어 있었다.

이것들을 흡수시키면, 붉은 광구는 더욱더 커지겠지.

드라코니아에 장식된 양보다 숨겨진 결정체가 더 많으니까.

어두운 웃음을 지으며, 표도르는 허공을 응시했다.

"죽었다는 사실을 잊고 자신을 수납한 방을 직접 관리하는 수집품. 그것이 지금 당신입니다. 당신은 호랑이가 세운 발톱에 살해당하고 말았습니다⋯⋯."

"그때 나는 발톱을 세웠어. 그때 나는 발톱을 세웠어. 그때 나는 발톱을 세웠어. 그때 나는 발톱을 세웠어. 그때 나는 발톱을 세웠어⋯⋯."

6년 전에서 시간이 멈춰 버린 듯한 돌로 만든 방에서 아쓰시는 자신을 계속 비난했다.

고아원을 나와 혼자가 되었을 때, 속수무책으로 길에 쓰러져 버릴 것 같았을 때, 그때 겨우 이능력이 눈을 떴다고 생각했다.

하지만 아니었다.

훨씬 전에 아쓰시는 이능력에 눈떴다. 호랑이의 힘을 휘둘렀다.

───시부사와를 살해하는 방식으로.

죄책감으로 짓눌려 버릴 것 같았다.

자책을 계속하는 아쓰시에게 시부사와 다쓰히코——시부사와와 같은 얼굴을 한, 시부사와에게서 분리된 이능력——이 툭하고 말을 흘렸다.

"그래, 그때 너는 나를 죽였다……."

"!"

비난하는 듯한 시부사와 다쓰히코의 말이 아쓰시의 마음을 불편하게 했다.

터질 것처럼 부풀었던 죄의식을 자극해, 감정이 폭발했다.

——내가 잘못했다는 말이야?! 아냐, 그렇지 않아. 믿고 싶어서 정색을 하듯이 외쳤다.

"당연히 발톱을 세울 수밖에 없잖아!!"

아쓰시는 무심코 고함을 쳤다.

마음의 외침이 포효가 되었다. 나는 아무것도 잘못하지 않았어! 왜냐하면——.

"왜냐하면 나는 살고 싶었으니까!"

몸과 마음을 다해 큰소리로 외쳤다. 그렇게 하지 않으면 부서져 버릴 거라 생각했다. 언제나 그렇다.

언제나 아쓰시는 자신을 지키기 위해 싸워 왔다. 온힘을 다해, 모든 것을 무기로 바꾸어서.

탐욕스러운 삶에 대한 갈망에, 무슨 잘못이 있지?!

"———언제든 소년은 살기 위해 호랑이의 발톱을 세워!!"

문을 닫는 무거운 빗장이 갈라진 것 같았다.

컬렉션 룸, 드라코니아에 무수한 붉은 나선이 이어져, 붉은 광구가 더욱 강하게 반짝였다.

그것은 마치 드라코니아 자체에 의지가 깃들어 넘치는 힘을 발휘하는 것 같았다.

몇백, 몇천의 이능력을 먹고 부풀어 오른 빛은 그곳에 쓰러져 있던 다자이 오사무의 시체까지 집어먹으려고 했다.

다자이의 시체가 떠올라 빛에 삼켜졌다.

붉은빛의 폭주를 기분 좋게 바라보던 표도르는 조금 놀란 표정을 지었다.

"……너는 욕심쟁이구나, 다자이."

광구에 유합되어 가는 다자이를 보고 표도르가 눈을 가늘게 떴다.

"죽어서도 여전히 이 도시의 종말을 지켜볼 셈인가."

붉은 광구에 다자이의 몸이 녹았다.

그 직후, 폭발을 일으킨 것처럼 빛이 주변에 퍼졌다. 창문이 부서져 흩어졌다.

빛은 더 이상 작은 탑으로는 다 담을 수 없다고 말하듯이 주검 성채에서 밖으로 스며 나갔다.

밖으로 향하는 빛의 소용돌이를 본 표도르는 문득 손안의 해골에게 말을 걸었다.

"당신에게 나라는 첫 친구가 생긴 기념으로 좋은 것을 가르쳐

주지요. 이 안개 속에서 왜 내 이능력이 분리되지 않는가 생각
해 본 적은 없습니까?"

　시부사와의 안개에 닿으면 이능력이 분리되고, 원래의 이능
력 소유자를 죽이려고 한다. 그 원칙은 변하지 않는다.

　그렇기에 탐정사 사람들은 자신의 이능력을 상대로 고전할 수
밖에 없었고, 다자이는 사망해서야 겨우 이능력이 분리됐다.

　하지만 표도르는 이능력에게 살해되지 않았다. 왜인가.

　대답하듯이 발소리가 드라코니아에 울렸다.

　천천히 드라코니아를 가로질러 바닥에 떨어진 사과를 줍는
'그'의 손에는 붉은 결정이 빛나고 있었다. '그'는 표도르와
같은 얼굴이었다.

　사과를 든 '그'와 해골을 든 표도르. 두 사람은 서로 자신이
지닌 구체를 들어 올리면서 등을 맞대고 속삭였다.

　"나는 죄."

　"나는 벌."

　같은 목소리를 지닌 두 사람의 말이 드라코니아의 공기를 흔
들었다. 차갑고 딱딱한 울림에는 모든 것을 조소하고 농락하는
기척이 있었다.

　"알고 있나?" 해골을 든 표도르가 웃었다.

　"죄와 벌은 사이가 좋아." 죄의 과실을 든 그가 웃었다.

　두 사람은 반대 방향을 바라보면서, 같은 것을 감지했다. 주검
성채를 둘러싼 붉은빛의 존재를. 표도르와 그가 번갈아 흥얼거
렸다.

"경계가 소멸한다." "방이 눈을 뜬다."

표도르 일행의 시선 끝에서 붉은빛이 부풀어 올랐다. 두 사람은 달콤한 유혹을 입에 담아 붉은빛을 부추겼다.

"종언의 화신, 이능력을 먹는 안개의 왕." "열량을 그대로, 본능을 그대로, 날뛰고, 먹고, 사납게 포효하세요."

자수정 빛깔 눈동자가 일그러지고, 입술이 호를 그렸다.

두 사람의 목소리에 이끌리듯이 탑의 꼭대기에서 빛이 넘쳐나왔다.

넘치기 시작한 빛은 붉은 안개처럼 세계를 침식하여, 순식간에 커져 갔다.

이윽고 윤곽을 갖추고 하나의 거대한 생물의 형태를 만들었다.

창백한 달 아래, 그것은 주검성채에 똬리를 틀듯이 태어났다.

달을 삼키고, 구름을 두르고, 안개를 발로 차서 흩뜨리는 위대한 존재. 그 위용 앞에서는 주검성채마저도 갓난아기의 장난감처럼 보였다.

몸은 뱀처럼 빛나는 비늘로 덮였고, 긴 갈기가 위풍을 떨쳤다.

파충류를 떠올리게 하는 손만으로 요코하마의 빌딩을 쥐어 으스러뜨릴 수 있겠지. 광폭함이 느껴지는 엄니 하나하나가 사람의 몸보다 훨씬 컸다.

포학함과 신성함을 함께 갖춘, 희귀하기 그지없는 모습.

용.

인간 세상에 존재할 리 없는 모습으로 강림한 존재를 보고, 표도르는 오싹할 정도로 아름다운 웃음을 지었다.

"이것은 폭주도 특이점도 아니야." 신탁을 알리듯이 표도르는 말했다. "용이야말로 이능력이 지닌 혼돈스러운 미래의 모습입니다."

요코하마의 거리에 용이 내려섰다.

용은 포효로, 자신의 존재를 세계에 알렸다.

5-4

"용이라고……?"

요코하마 시가지에서 주검성채를 향해 달리던 아쿠타가와가 눈을 부릅떴다. 시선 끝에 주검성채를 수호하듯이 나타난 거대한 용이 보였다.

"……."

아쿠타가와의 바로 옆을 달리던 교카도 역시 용의 모습을 보고 입술을 깨물었다.

터무니없이 거대한 적이 앞을 막았다. 눈으로, 피부로, 그것을 느낄 수 있었다.

용은 용맹스럽게 위압감을 흩뿌렸다.

상공에 있는 위성에서 주검성채를 주시하던 이능력 특무과도 용의 출현을 빠르게 눈치챘다.

특무과의 통신실에서는 오퍼레이터가 비명에 가까운 목소리를 터뜨렸다.

"특이점 이상치 상승!"

공포와 초조함을 드러내며 오퍼레이터는 화면에 비치는 계측치를 주시했다.

"6년 전의 2배, 2.5배…… 이상치 상승 중!"

책임자인 사카구치 안고는 위험 수준을 나타내는 적색 점등을 보고 굳은 표정을 지었다.

현재, 특무과가 쓸 수 있는 수단은 모두 사용했다. 나머지는 어떻게 해 볼 수가 없었다. 그렇지만 도저히 무사태평하게 보고만 있을 수는 없었다.

초조감과 기도로 땀이 배어 나오는 손을 책상에 내려치며 안고가 물었다.

"A5158의 현재 위치는?"

오퍼레이터가 안고에게 대답하기도 전에, 기계를 통해 통신음성이 울렸다. ——허둥대지 마, 피라미 자식아! 하고.

"——!"

"딱 적당히 자리가 달궈졌군."

조금 전 통신 너머에서 사카구치 안고를 일갈했던 남자——A5158이라는 코드네임으로 불리는 이능력자, 나카하라 추야는 씨익 입매에 웃음을 띄웠다.

요코하마 상공.

안개가 닿지 않을 정도의 고고도에서 윙윙대며 체공하고 있는 물체는 이능력 특무과의 기밀작전용 수송기 '홍곡(鴻鵠)'이었다. 회전 날개가 바람을 일으켰고, 굉음을 냈다. 공기가 흔들리며 천천히 해치가 열렸다. 차가운 밤공기와 함께, 둥근 달이 추야의 시야에 들어왔다. 구름은 없고, 맑게 갠 밤하늘에 뜬 달은 그저 아름다웠다.

아름다운 달이 비추는 것은 안개가 자욱한 요코하마. 그리고 그 요코하마를 먹어 치워 버릴 것처럼 거대한 용이라는, 도리어 환상적인 풍경이다.

단, 안개도 용도 확실히 현실이고, 파멸을 가져오는 것이라는 사실은 의심의 여지가 없었다.

〈추야 씨.〉

눈을 가늘게 뜨고 요코하마를 내려다보는 추야에게 안고의 통신이 도달했다.

〈아마 다자이 씨는 이미 제거되었을 겁니다. 이 의미를 아시겠죠?〉

감정을 꾹 누르며 이야기하는 안고의 목소리를 들으면서, 추야는 자신의 장갑을 벗었다. 상관 안 해, 하고 입을 움직였다.

〈괜찮습니까?〉

안고는 거듭 물었다.

〈보수인 내 목숨을 받아가지 않았습니다만.〉

"잘난 척하지 마."

추야가 안고의 목소리를 차단하듯이 말했다.

혼자서 요코하마 상공에 내려가려는 추야의 표정은 아무에게도 보이지 않았다. 조용한 목소리만이 안고에게 전달되었다.

"······6년 전의 네놈은 말단 잠입 수사관이었다."

모든 것을 이해한다는 울림으로 추야가 말을 계속했다.

"시부사와의 투입에 반대했어도, 어차피 들어주지 않았을 거 아냐."

⟨·······.⟩

통신 너머에서 안고가 말을 잇지 못했다.

이건 내 허튼소리지만, 하고 추야가 혼잣말처럼 중얼거렸다.

"다자이 그 얼간이는 저 안에 있다. 틀림없어."

추야가 보고 있는 것은 요코하마를 날뛰고 다니는 거대한 용이었다. 용 안에 다자이가 들어가 있다는 사실을 추야는 직감적으로 느꼈다.

"한 방 때려 주지 않으면 속이 안 풀리겠어."

그 선언만 하고, 추야는 끊겠다며 짧게 말한 뒤 통신을 끊었다.

⟨──······부탁합니다.⟩

자신의 무력함을 되씹으며 비통함마저 드러낸 안고의 기도와도 비슷한 말이 추야에게 전달되었는지는 알 수 없다.

단, 추야는 자신의 의지로 홍곡 뒷부분의 해치에 서서 아래를 내려다보았다.

"곧 목표 지점 상공입니다." 하는 목소리에 슬쩍 시선을 돌렸다. 등 뒤에는 긴 머리카락을 올려서 정리한, 눈초리가 치켜 올라간 여성이 있었다. 정장을 깔끔하게 입은 여성의 모습을 보고 추야는 조금 생각하는 모습을 보인 뒤, 눈썹을 들어 올렸다.

"넌 그때의 아가씨인가?"

"츠지무라입니다."

자신의 이름을 대고 츠지무라는 추야를 바라보았다.

"……정말로 가실 생각인가요?"

"그래."

"무모합니다!"

즉시 대답한 추야를, 츠지무라는 눈을 들어 노려보았다.

"아래는 지옥이에요!"

츠지무라가 보기에 눈 아래에 있는 용은 명백하게 사람의 인식을 넘어선 괴물. 그것과 싸우다니 말도 안 된다. 능력자라고 해도 인간이다. 그럼에도 자신을 과신해서 싸우면―― 죽는다고, 츠지무라는 단언했다.

하지만 추야는 츠지무라의 말을 듣고 코웃음 쳤다.

"그런 건 말이야, 쫄아서 돌아갈 이유가 못 돼."

흐트러짐 없이 말하고 추야는 한 발 앞으로 내디뎠다. 딱딱한 구두 소리가 울렸다.

"쫄아서 돌아가도 좋을 때는 어떤 때인지 아나?"

질문을 하는 추야의 외투가 바람을 맞아 크게 나부꼈다.

추야의 질문도 의도도 알 수 없어, 츠지무라는 당황하면서 고개를 가로저었다.

"……모르겠습니다."

"없어, 그런 때는."

"!"

츠지무라의 당혹감을 반으로 가르듯 말하자마자, 추야가 바닥을 박찼다. 그 발걸음에는 한 치의 주저함도 없었다.

자신이 나아가야 할 길을 확신하고 있다는 듯이 추야는 공중으로 뛰어내렸다.

풍압이 덮쳤다. 대기가 살결을 벴다.

요코하마에 둥지를 튼 용과 눈이 마주친 느낌이 들었다.

추야는 작게 목소리를 냈다.

"──그대, 음울한 오탁의 허용이여, 새삼 나를 눈뜨게 하지 말지어다……."

목소리에 응답해, 추야의 양팔에 이능력흔(痕)이 늘어지기 시작했다. 이능력흔은 반짝이고, 빛을 더욱 발해 추야의 온몸을 휘돌았다. 방대한 힘이 넘쳐 났다.

오탁은 시작되었다. 이제 추야 자신도 멈출 수 없었다.

중력으로 안개를 물리치면서, 추야는 빌딩의 옥상에 내려섰다. 동시에 내려선 빌딩 그 자체를 파괴했다.

추야의 발밑에서 콘크리트가 금 가고, 부서져 흩어졌다. 파편이 공중에 떠올랐다.

부서져 흩어진 콘크리트 파편을 발판 삼아, 추야는 마치 하늘에 떠 있는 계단을 뛰어서 오르듯이 용에게 다가갔다.

"굉장해⋯⋯."

홍곡에 남은 츠지무라는 추야의 모습을 확인하면서 무심코 중얼거렸다.

"점점 올라가고 있어."

마찬가지로 계측기나 위성사진을 보고 있었던 듯한 안고가 통신구로 츠지무라에게 말을 걸었다.

〈그 사람의 이능력은 중력 조작입니다.〉

이능력 『때 묻은 슬픔에』. 나카하라 추야가 지닌 이능력은 너무나도 강력하다.

〈하지만.〉 하고 안고가 침통한 목소리로 말했다.

〈자신을 중력자(重力子)의 화신으로 만드는 저 '오탁(汚濁)' 상태는, 스스로 제어도 해제도 할 수 없습니다.〉

"죽을 때까지 계속 날뛴다는 말씀인가요?!"

츠지무라의 혈색이 바뀌었다.

통신 너머의 안고가 조용히 동의했다.

〈유일한 해제 방법인 다자이 씨의 이능력 무효화가 없는 이상, 그 사람은 더 이상⋯⋯.〉

"그럴 수가⋯⋯."

안고도 츠지무라도 더 이상 말이 나오지 않았다. 그저 엄청난 기세로 안개를 흩뜨리는 추야의 모습을 지켜볼 수밖에 없었다.

츠지무라와 안고, 그리고 이능력 특무과 사람들이 지켜보는 가운데, 추야는 뛰어서 공중에 떠오른 콘크리트 파편을 이동했다. 향하는 곳은 용의 정면이다.

추야의 기적을 깨달은 것인지, 용은 추야를 보고 꼬리에서 무수히 많은 광선을 날렸다. 수십 개의 광선은 용의 형태가 되어 추야를 덮쳐 포박했다.

하지만 추야는 그것을 내부에서 부수어 버렸다.

사로잡혔던 우리를 직접 날려 버리고 오른손에 커다란 중력자탄을 발생시켰다. 강대한 인력을 지닌 총탄을 용의 코끝에 박아 넣었다.

동시에 용도 역시 그 턱에서 광탄(光彈)을 발사했다.

충돌.

중력자탄과 광탄이 맞부딪쳐, 충격파가 뻗어 나왔다. 빛이 하늘을 가득 메웠고, 추야의 몸이 충돌로 튕겨 나갔다. 중력을 조종할 새도 없이 추야는 공중에서 일직선으로 떨어져 지면에 내동댕이쳐졌다. 돌바닥이 크게 쪼개졌다.

추야의 몸은 돌바닥에 묻혀 움직이지 않았다.

용이 벌리고 있던 입을 닫았고, 빛이 진정되어 갔다.

몇 초의 공방으로 용과 추야의 싸움은 결착이 난 것처럼 보였다.

하지만 다음 순간.

안개 안에서 무언가 거대한 것을 손에 든 추야의 모습이 보였다. 추야가 손에 든 것은—— 빌딩.

빌딩이 통째로 중력을 무시하고 부상했다.

추야는 30층이 넘는 거대한 빌딩을 들어 올리고, 용을 향해 내리쳤다.

한 방, 두 방.

짐승 같은 포효를 내지르면서, 추야가 빌딩으로 용을 때렸다. 작은 몸집으로는 생각하기 힘든 규모의 싸움을 선보였다.

빌딩이라는 거대 질량에 의한 물리 공격을 받고 용이 다시 광탄을 쏘려고 했다.

그 용이 벌린 입에 세 방째.

추야가 빌딩을 통째로 용의 입에 때려 박았다.

격진이 일어났고, 빌딩이 용을 짓눌렀다. 용이 빌딩을 파괴했다.

농도가 매우 진한 에너지 자체인 용과 거대 질량인 빌딩이 격돌해, 공간이 일그러졌다.

용의 목 안쪽에서 빛나던 광탄이 갈 곳을 잃고 내부에서 폭발했다.

그로 인해 만들어진 틈을 노리고 추야가 주먹을 치켜들었다.

온 힘 온 영혼을 담아 중력자탄을 박아 넣었다.

"다자이!"

외침은 대기를 진동시켰고, 중력자탄은 용의 몸을 꿰뚫었다.

용이 몸을 비틀었고, 참을 수 없어졌다는 듯이 온몸이 빛으로 변했다.

섬광이 뻗어 갔다.

용이 사라지고 대신에 진홍색 빛이 넘쳤다.

작열하는 불꽃에 불타듯이, 안개가 날아가고 주검성채의 일대가 빛에 휩싸였다.

눈을 달구는 빛 속에서 주검성채가 천천히 그 형태를 잃어 갔다.

곡선을 그리는 탑이 부러졌고, 칠흑의 그림자가 부서졌다.

소리도 닿지 않는 빛의 극치(極致)에서 남은 조각이 쉽게 무너져 갔다.

한편 용이 사라진 빛의 중심지에서는 떠오른 다자이의 시체에 추야가 육박해 갔다.

온몸에서 피를 흘리며, 추야는 주먹을 쥐고 크게 휘둘러 올렸다.

끝까지 휘두른 추야의 주먹이 다자이의 뺨을 힘껏 후려쳤다.

난폭한 행동에 다자이의 등에서 나이프가 빠져 떨어졌다.

무언가가 터진 듯한 소리가 났다.

마치 입안에 넣어 둔 캡슐이 맞은 충격으로 찌부러진 듯한 소리.

맑은 흰색과 독살스러운 붉은 캡슐.

그것이 다자이의 입안에서 찌부러져, 안의 약액(藥液)을 넘치게 했다.

끈적한 액체가 다자이의 목을 지나갔다.

이윽고 오탁에 침식당해 짐승과도 같아진 추야의 뺨에 긴 손가락이 닿았다.

그 순간. 추야의 능력이 무효화되었다.

"……나를 믿고 '오탁'을 사용한 거야? 눈물 나게 하는걸……?"

차분한 목소리가 울렸다.

그것은 불과 조금 전까지 사망한 상태였을 다자이의 목소리.

들린 목소리에 놀라지 않고 추야가 다자이에게 대답했다.

"그래, 믿고 있었다. 네놈의 지긋지긋할 정도로 빌어먹을 생명력과 못된 꾀를 말이다."

이미 추야의 몸에서 오탁은 사라졌다. 다자이가 무효화했기 때문이다.

다자이가 얻어맞은 뺨에 손을 대면서, 엷게 웃었다.

"백설공주의 눈을 뜨게 하는 것치고는 조금 난폭한 방법이었어."

"얻어맞을 걸 예상하고 입안에 해독제를 넣어 둔 주제에……."

추야가 혐오를 드러내며 말을 내뱉었다.

모든 것은 다자이의 예상대로.

표도르가 다자이에게 협력하는 척하며 시부사와와 결탁하는 것도, 시부사와가 표도르와 손을 잡고 다자이를 독살하려고 한 것도, 이능력 특무과가 추야를 초빙할 것이란 것도, 추야가 사망한 다자이를 때릴 것이란 것도.

모든 것이 다자이의 예상대로였다.

용의 잔재인 빛이 서서히 사라져 갔고, 주검성채를 구성하던 크고 작은 무수한 파편이 떨어졌다.

다자이의 몸도 그 잔해로 내려섰고, 뒤이어 위에서 추야가 떨어졌다.

포개지듯이 다자이 위로 올라간 추야가 초조하다는 듯이 눈썹을 모았다. 힘이 들어가지 않는 몸을 필사적으로 움직여 다자이의 위에서 떠나려고 했다.

이거 놓으라고 하는 추야의 속삭임은 다자이가 봉쇄했다.

"움직이지 마."

"아앙?"

움직이지 않도록 다자이가 손으로 머리를 눌러, 추야의 얼굴이 일그러졌다.

주변을 둘러보면서 다자이가 말했다.

"안개가 아직 사라지지 않은 모양이군. 이 상태에서 자네의 이능력에게서 자네를 지키는 상황은 사양하고 싶네."

다자이의 말을 듣고 추야가 움찔하고 눈썹을 움직였다.

"……아직 안 끝난 건가?"

"그래. ……아마도, 이제부터야."

다자이가 진지한 표정으로 고개를 끄덕였다.

"제장……."

추야가 분하다는 듯이 신음소리를 내며 일어나려고 했다. 하지만 다자이에게 눌리고 있는 것도 있어 움직일 수 없었다.

"이제 손가락 하나…… 움직일 수, 없어."

그게 한계였는지, 추야가 정신을 잃었다.

기절한 추야를 슬쩍 보고, 다자이는 주검성채의 잔해로 시선을 돌렸다.

무너진 탑은 가장 뾰족한 부분이 남아 있었고, 폐허 위에 꽂혀 있었다.

탑에 남은 누군가를 응시하듯이 바라보며 다자이가 중얼거렸다.

"여기까지는 읽고 있었어……. 하지만 이 앞으로는 그들 여하에 달렸군."

탑의 뾰족한 부분이 수상한 빛을 발하기 시작했다.

밤은 아직 밝지 않았다. 연회는 아직 끝나지 않았다.

용은 조용히 형태를 바꾸었다.

5-5

"당신은 모든 것을 알고 있는 것 같으면서도 실은 아무것도 몰라."

영롱한 목소리가 반파된 방에 울려 퍼졌다.

일찍이 주검성채의 최상층에 있었던 장소. 그 중앙에는 표도르가 서 있었다.

표도르는 용의 출현에도 탑의 붕괴에도 놀라는 일 없이, 여전히 시부사와 다쓰히코의 해골을 들고 있었다.

표도르가 살짝 손을 놓자, 해골은 그대로 공중에 떴다.

공중에 뜬 해골에 말을 걸면서 표도르는 미소 지었다.

"더 이상 이 안개의 확산은 멈출 수 없지. 지구는 죽음의 과실, 데드 애플이 된다――……."

속삭임과 함께 표도르가 결정체 조각을 해골의 이마에 박아 넣었다. 붉은빛이 명멸했다. 표도르의 작은 선물이다.

표도르가 시부사와의 해골에 박아 넣은 것은 이능력을 모은 결정체의 조각. 다자이에게 건네준 일부를 숨기고 있던 것이다.

이걸로 당신이 특이점이라고, 표도르가 자신 있게 말했다.

이능력의 특이점.

이는 복수의 이능력이 서로에게 간섭한 결과, 새로운 결과를 낳는 상황을 가리킨다.

어떤 이능력을 조합하면 특이점이 생기는지 등의 자세한 조건은 알지 못한다. 하물며 어떤 결과를 가져올지는 아무도 알 수 없는 일이었다.

그럼에도 표도르는 의도적으로 특이점을 발생시켜 원하는 상황으로 유도해 보였다.

조각의 결정체가 박힌 해골이 흔들리며, 추야가 파괴한 용의 조각을 흡수하기 시작했다.

특이점이 발동된다.

해골에서 태어난 독살스러운 붉은 띠가 공간과 시간을 비틀리게 하여, 새로운 몸을 잉태했다.

표도르가 보는 앞에서 해골은 빛났고, 붉은 띠가 빙글빙글 돌며 하나의 형태를 만들려고 했다.

천천히, 조금씩, 흰 손가락이 만들어졌고, 긴 백발이 바람에 흔들렸다——.

추야가 용을 쓰러뜨리고 표도르가 특이점을 만들려고 했을 때.

아쓰시는 아직도 시간이 멈춘 공간에 서 있었다.

안개 안에 만들어진 문을 지나 도착한 6년 전의 기억의 방.

아쓰시가 일찍이 죄를 범한 장소. 그곳에서 피해자였던 남자,

시부사와 다쓰히코는 입술을 움직였다.

"모든 것이 기억났다."

시부사와의 사고는 맑았다.

6년 전, 표도르의 부추김을 받고 찾아간 고아원에서 어린 아쓰시에게 고통을 주고, 반격당한 결과 살해당한 일을 기억해 낸 덕분이었다. 모든 것이 명료해졌다.

시부사와는 계속 찾았다.

자신의 공백, 즉, 잃어버린 6년 전의 기억을 계속 찾았다.

이를 위한 열쇠는 다자이의 이능력에 있다고 생각해, 요코하마에서 대규모 안개를 일으킬 계획을 세웠다. 그렇게 하면 다자이를 낚을 수 있을 것이라고 확신했기 때문이다.

아니나 다를까, 다자이는 안개를 없애기 위해 협력자인 척하고 시부사와에게 접근했다.

시부사와는 다자이의 꿍꿍이를 눈치챘으면서도 다자이의 이능력을 손에 넣을 틈을 기다리기 위해 눈치채지 못한 척하며 다자이를 맞아들였다.

예상대로 다자이는 시부사와의 손 위에서 춤을 추었고, 표도르와 시부사와가 손을 잡고 있다는 것도 모른 채, 표도르를 믿어 틈을 보였다. 시부사와가 계속 기다리고 있던 틈이었다.

그래서 다자이를 죽였다.

하지만 달랐다.

다자이의 이능력은 시부사와가 원하던 것이 아니었다.

시부사와의 기억 속 결핍을 메우는 열쇠는 다자이가 아니라 아쓰시의 이능력이었다.

그리고 무엇보다——.

"내가 정말로 원했던 것은 이능력이 아니라, 자신의 이능력에 저항하고 운명에 승리하는 생명의 빛……. 네가 보여 준 반짝임이었다."

삶을 갈망하는 반짝임. 그것이야말로 시부사와가 원하던 것이며, 그것을 느끼는 것이야말로, 최고의 기쁨이었다. 애초에 6년 전에도 그것을 원해 이런저런 일을 한 것이니까.

기쁨이 깊은 곳에서 넘쳐 났다. 시부사와는 처음으로 환희의 맛을 알게 됐다.

그리고 지금 반짝임의 소유주는 다시 시부사와 앞에 모습을 드러냈다.

시부사와는 자신에게 빛을 안겨 준 유일한 존재인 아쓰시에게 뜨거운 시선을 쏟았다. 한 번 더, 그 기쁨을 느끼고 싶어서 노골적인 욕망을 내보였다.

"나를 죽이고 생명력을 증명해 보인 너의 영혼을…… 자아, 그 반짝임을 보여다오."

시부사와의 흰 손가락이 형태를 잃고 흰 백발이 사라져 갔다 ——.

기억의 방에 있던 시부사와가 사라지는 것과 맞춰서, 드라코니아에서는 공중에 뜬 시부사와의 해골을 중심으로 시부사와의 몸이 형태를 만들어 갔다.

도마뱀의 꼬리가 재생되듯 붉은 띠가 시부사와의 몸을 재구축했다.

해골과 붉은 결정체를 매개로 특이점에서 새로운 용이 태어났다.

매끄러운 흰 피부를 흰 외투로 감싸고, 긴 백발을 나부끼는 청년.

아름다운 용모에는 커다란 발톱 자국이 남아 있었다.

그 이마에는 붉은 결정이 용의 뿔처럼 빛났다.

진홍색 두 눈이 흐릿하게 가학적인 웃음을 지었다.

용의 힘을 지니고, 인간을 넘어서 용신(龍神)이라고 불러야 할 이능력 존재가 되어 되살아난 시부사와 다쓰히코.

그의 의지는 변하지 않는다.

반짝임을 느끼기 위해 시부사와는 아쓰시를 궁지로 몰아넣어야만 한다. 6년 전보다, 더 심하게, 더 격렬하게, 아쓰시에게 고통을 주어야 한다.

생명이란 궁지에 몰려 한계에 달해야 비로소 강하고 아름답게 빛난다고 믿는 시부사와에게 이는 당연한 귀결이었다.

그래서 시부사와는 힘을 떨쳤다. 새롭게 손에 넣은 붉은 안개를, 세계를 향해 흩뿌렸다.

붉은 안개가 세계를 침식하기 시작했다.

"······."

표도르의 웃음은 아무에게도 드러나지 않았다.

羅生門

独歩吟客

月下獣

夜又白雪

제6장

細

人上人不造

雨ニモマケズ

超推理

悲しみに

汚れっちまった

罪と罰

人間失格

6-1

가나가와현과 도쿄도(東京都)를 연결하는 고속도로는 통제되어 모두 통행금지가 되었다.

하지만 가나가와현 쪽을 지키듯이, 현의 경계에서 정차한 자동차가 있었다. 특무과의 감시팀이었다.

가나가와현 쪽은 흰 안개에 뒤덮여, 어떻게 됐는지 알 수 없었다.

주의를 기울이면서 안개의 모습을 감시하던 때였다.

안개가 갑자기 붉게 물들었다.

그에 더해 그때까지 얇은 막이라도 펼쳐져 있는 것처럼 움직이지 않았던 안개와의 경계가 느릿하게 흔들렸다. 감시원이 눈치챘을 때에는 붉은 안개가 바로 옆까지 살며시 다가와 있었다.

감시원은 곧장 자동차를 급발진시켰지만 늦었다.

안개에 삼켜진 순간, 자동차는 속도를 잃고 미끄러져 정차했다. 자동차 안에는 조금 전까지 분명히 있었던 사람의 그림자가 사라졌다.

붉은 안개가 세계를 뒤덮으면, 지구는 마치 우주에 떠 있는 한 개의 사과처럼 보이겠지. 그 지상에는 아무도 없고, 사람의 기척도 전무할 것이다.

　아무도 없는 진정한 낙원. 그렇게 되어야 비로소 죽음의 사과가 완성된다.

　붉은 안개에 뒤덮여 죽음의 행성이 된 지구야말로 표도르가 예정하고 계속 갈구하던 결말이다. 인간의 원죄(原罪)는 죽음으로 씻어 낼 수밖에 없으니, 사과에서 시작된 죄는 사과가 되어 끝나는 것이 어울린다.

　나이프가 꽂힌 붉은 사과에 이런 미래를 담았다고는, 표도르 이외에 아무도 눈치채지 못했을 것이다.

　붉은 안개는 점점 세력을 뻗었다.

　온갖 영혼을 집어삼키기 위해서.

　"안개 구역이 확대되기 시작했습니다!"

　이능력 특무과의 통신실에 오퍼레이터의 목소리가 울렸다. 모든 계측기가 비명을 질렀다. 직원이 각각 현상에 대해 호소했다.

　"이능력 특이점의 변동치 계측 불가능!"

　"확대 속도, 시속 20킬로미터, 이 현상의 속도가 계속될 경우, 약 1시간 35분 만에 간토(関東) 전역, 약 12시간 36분 만에 일본 전토, 지구 전토가 뒤덮이기까지 약 168시간 걸립니다!"

　곱슬곱슬하고 긴 머리카락을 내린 특무과의 여성, 무라코소가 찌푸린 얼굴로 풍선껌을 부풀렸다.

붉은 풍선껌이 파앙, 하고 터졌다.

"진짜?"

모든 잡음을 침묵시키듯 크고 날카로운 소리가 울렸다.

"이건⋯⋯."

소리의 발생원을 눈치챈 아오키가 눈을 크게 떴다.

"영국의 특무 기관에서 통신 콜입니다."

그 말에 지령석의 안고가 몸을 앞으로 내밀었다.

"⋯⋯! 시계탑의 종기사인가."

즉시 통신이 연결되었다.

'SOUND ONLY'라고 표시된 액정 화면에서 요염한 목소리가 도달했다.

〈평안하신지요⋯⋯.〉

특무과에 늘어앉은 전원이 전격을 맞은 것처럼 굳어서는 숨을 삼켰다.

데임 애거서 크리스티 경. 목소리만 들어도 매료될 정도로 매혹적인 여성. 기계 음성을 통하고 있을 텐데도, 전달되어 오는 절대자의 풍격에 압도될 듯했다.

〈유럽 각국을 대표하여 귀국의 위기 상황을 동정합니다.〉

기품과 기만에 가득 찬 목소리로 애거서가 말을 계속했다.

〈그래서 말인데.〉

종언의 소식이 고해졌다.

〈세계에 안개가 만연하는 것을 미연에 방지하기 위해 소각 이능력자를 파견해 드렸습니다.〉

"소각 이능력자라고……?!"

안고의 목이 메말라 얼얼해졌다.

"발동 예정 시간은?"

〈딱 30분 후. 날이 밝는 것과 동시에…….〉

방울이 굴러가는 듯한 목소리가 대답했고, 통신이 일방적으로 차단되었다. 이미 제안이 아니라 선언이었다.

사실, 이미 영국의 문장이 달린 폭격기는 발진되었고, 일본으로 향하는 항로 위에 있었다.

유럽 각국은 시부사와 다쓰히코를 일본과 함께 통째로 가라앉힐 생각이다.

30분. 이제는 겨우 30분만이 남았다. 그 짧은 시간에 붉은 안개를 없애지 못하면——.

"……요코하마가 소각된다."

안고의 멍한 목소리가 통신실에 떨어졌다.

아무도, 무엇도, 대답할 수 없었다.

난잡한 기계음만이 계속 울렸다.

6-2

바람이 휘몰아쳤다. 붉은 안개가 소용돌이치는 지상에 모래먼지가 흩날렸다.

붕괴된 주검성채의 폐허. 이마에 붉은 결정을 반짝이는 시부사와 다쓰히코가 황홀한 미소를 지으며 서 있었다. 깨진 유리 파편이 달빛에 반짝였다.

불규칙한 발소리를 내면서 시부사와 곁으로 접근하는 사람 그림자가 있었다.

"시부사와 다쓰히코인가?"

연마된 칼날처럼 날카로운 목소리로 물은 사람은 아쿠타가와였다. 시부사와의 대답을 기다리지 않고, 아쿠타가와는 라쇼몽을 불러냈다.

"천마전개──!"

선언과 함께 검은 천이 흩날리며 아쿠타가와의 사지를, 전신을, 덮어서 가렸다. 라쇼몽을 칼날로 사용하는 것이 아니라, 자신의 몸을 뒤덮게 했다. 시간제한이 있지만, 아쿠타가와로서는 최강이라고 할 수 있는 모습이었다.

"호오?"

아쿠타가와의 모습을 눈으로 확인한 시부사와가 흥미롭다는 듯이 눈동자를 반짝였다.

"너희도 이능력자인가. 이 안개 속에서 살아남은 자가 아직 있을 줄이야."

"'너희'?"

시부사와의 말에 걸리는 점이 있어 아쿠타가와가 어떤 의미인가 하고 시선을 돌려 보니, 바로 뒤에 교카가 서 있었다.

가만히 서 있는 교카의 모습에, 아쿠타가와는 살짝 눈썹을 모았다.

"왜 왔지?"

교카는 아쿠타가와의 시선에 두려워하는 모습을 보이지 않고 담담하게 대답했다.

"나는 그 사람이 빛의 세계에 있어 주길 바랄 뿐이야."

교카의 말에는 아무런 겉치레도 없었다. 한없이 순수한 마음을 이야기하고, 각오를 다진 시선을 보냈다.

"저 남자는 내가 해치우겠어……."

시부사와를 노려보며, 교카가 불렀다.

"야차백설!"

교카의 부름에 응해, 야차가 구현되었다. 검이 공간을 베어 버리고 압도했다.

아쿠타가와와 교카. 라쇼몽과 야차백설. 두 사람이 지닌 두 개의 이능력을 본 시부사와는 호랑이의 발톱 자국이 남은 얼굴에 희색을 띠었다.

"멋지군……. 자신의 이능력을 되찾은 자가 둘이나 있을 줄이야!"

천진난만함마저 느껴질 정도로 치기 어리게 웃는 시부사와를 향해 교카가 눈을 치켜떴다.

"이능력을 되찾은 사람은 우리뿐만이 아니야."

단언하는 교카에게 시부사와가 눈을 가늘게 떴다. 실제로 교카에게는 확신이 있었다.

이 요코하마의 능력자들이 그렇게 간단히 굴복할 리가 없다고.

안개에 갇힌 도시에서 포트 마피아의 보스인 모리 오가이는 누구에게랄 것 없이 중얼거렸다.

"드디어 이 단계에 와 버린 건가……."

오가이는 하늘을 뒤덮은 붉은 안개를 바라보고 있었다.

"어쩔 셈인가, 다자이."

그렇게 말하면서도 오가이의 말투에서는 전혀 진지함이 느껴지지 않았다. 마치 차와 과자의 메뉴라도 생각하는 것처럼 가벼웠다.

"아무튼, 나는 남의 걱정을 하고 있을 때가 아니지만."

한숨과 함께 오가이는 몇 개의 메스를 손에 쥐었다.

안개 너머에서 사랑스러운 외모를 한 소녀가 오가이에게 달려들어 왔다.

"윽…… 엘리스."

"정말 좋아해, 린타로."

기가 꺾인 오가이에게 엘리스는 망설임 없이 발차기를 먹였다. 엘리스의 이마에는 붉은 결정체가 빛났다.

오가이의 몸이 발에 차여 날아가 격렬하게 회전했다.

"가짜라도 너무 귀여워, 엘리스! 나는 난도질할 수 없는걸!"

옆에서 들으면 장난을 치는 것처럼도 들리는 본심을 흘리면서, 오가이는 엘리스가 거대한 주사기를 만들어 내는 모습을 보았다.

"자, 이 경우의 최적해(最適解)는……."

말을 하다가 문득 근처에서 들려오는 금속음을 눈치챘다.

칼날이 스치는 칼싸움 소리. 오가이는 그 리듬을 알고 있다.

싸우는 사람이 누구인지 50퍼센트 이상 예상되었는데, 봐 보니 예상대로 바로 옆에서 무장 탐정사의 사장이 자신의 이능력과 싸우고 있었다.

후쿠자와 유키치 두 사람이 검을 손에 들고 마주 보았다.

처절한 검술은 춤과도 닮아, 눈으로 쫓는 것이 한계였다.

검을 손에 든 후쿠자와가 거친 호흡을 내쉬며 중얼거렸다.

"……나 자신과 같은 기량을 지닌 검사라. 연습이라면 더할 나위 없는 상대이지만……."

"나는 보다 더 완벽한 마음을 지니고 있다."

결정체를 지닌 후쿠자와가 평탄한 목소리로 말했다.

"귀공, 실력은 천하무쌍일지도 모르나, 솜씨가 너무 고지식하다. 교활함을 모르는 그 검으로는 나에게 이길 수 없다."

"……!"

자신에게서 분리된 이능력이면서 당당하게 해설하는 모습에, 후쿠자와는 눈을 실룩였다.

험악한 표정을 짓는 후쿠자와에게 오가이가 말을 걸었다.

오가이를 눈치챈 후쿠자와가 슬쩍 시선을 돌렸다.

"우연이군, 모리 선생."

"뭔가 트러블이라도 있으신지? 후쿠자와 님?"

마치 속뜻이 있다는 듯한 표정으로 오가이가 다가갔다. 그것을 보고 후쿠자와는 모든 것을 이해했다는 듯이 고개를 끄덕였다.

"그 해결책의 실마리가 지금 엿보인 참이다."

"잘됐군요. 역시 이럴 때는 평소의 행실이 효과를 나타내는 거겠지요."

등을 맞대고 말없이 의도를 주고받았다. 서로가 서로에게 원하는 것이 무엇인지는 눈치채고 있었다.

주사기를 든 엘리스가 오가이를 습격했고, 후쿠자와의 이능력이 검을 번뜩였다.

순간, 후쿠자와와 오가이는 서로의 위치를 뒤바꾸었다.

후쿠자와가 엘리스의 이마에 있는 결정체를 검으로 베고, 오가이가 메스를 투척해 눈을 속이며 권총으로 이능력의 결정체를 쏘아 꿰뚫었다.

엘리스를 공격할 수 있는 후쿠자와와 교활한 수단을 사용할 수 있는 오가이. 서로 궁합이 좋은 적과 교환한 것이었다.

"무기는 메스만 있었던 것이 아니었던가……."

권총을 사용한 오가이에게 후쿠자와가 등을 돌렸다.

"다음부터는 조심하지."

이능력을 처리하자마자 자리를 떠나는 후쿠자와의 모습을 보고 오가이가 비아냥거리듯이 웃음을 지었다.

"귀여운 아이에게도 가차가 없다라……. 고독한 검사, 은발 늑대는 역시 죄가 무겁군."

"그건 단순한 망령일 뿐이다."

후쿠자와가 즉시 오가이의 말을 잘라 버렸다.

후쿠자와가 말을 끝냈을 때, 오가이 앞에 사랑스러운 소녀가 나타났다.

"뭐야, 린타로. 날 내버려 두고 놀다니!"

뺨을 부풀리며 삐친 엘리스의 이마에는 더 이상 붉은 결정체가 없었다.

"아아…… 진짜 엘리스다."

오가이가 한심한 미소를 지었다.

"어느 쪽이든 망령으로 보이지만 말이다."

중얼거리는 소리를 남기면서, 후쿠자와는 걸음을 내디뎠다.

자신의 이능력을 쓰러뜨린 두 사람 곁에, 각각 이능력이 돌아왔다는 것은 명백했다.

6-3

　요코하마 각지에서 싸움이 벌어진 것과 마찬가지로, 용의 힘을 지닌 시부사와에게 아쿠타가와와 교카는 둘이서 맞섰다.

　폐허가 된 요코하마 조계에서 라쇼몽을 두른 아쿠타가와가 초고속으로 달렸다. 속도와 라쇼몽의 힘도 더해져, 휘두른 주먹이 바람을 갈랐다. 무거운 주먹. 하지만 시부사와는 한 걸음도 움직이지 않았다.

　아쿠타가와의 주먹이 시부사와의 몸을 빠져나갔다.

　실체가 없다.

　"?!"

　영상을 때린 듯한 감각에 아쿠타가와가 눈을 크게 떴다.

　느긋한 태도로 시부사와가 우습다는 듯이 말했다.

　"나는 이미 죽음을 통과했다……. 이미 죽은 자를 어떻게 죽이지?"

　그 말과 함께 시부사와가 아쿠타가와를 차올렸다.

　시부사와의 발차기에 아쿠타가와가 날아가 버렸다.

　아쿠타가와는 시부사와를 건드릴 수 없는데, 시부사와의 공격은 적중했다. 시부사와라는 남자는 이해할 수 없는 존재가 되어 버렸다.

발차기에 날아간 아쿠타가와는 라쇼몽의 힘을 빌려 자세를 바로잡았다.

"이 허깨비 자식⋯⋯."

날카롭게 노려보아도 시부사와에게는 효과가 없었다.

아쿠타가와를 대신해 이번에는 야차백설이 검을 쥐고 달려들었다. 자세를 낮추고 시부사와를 향해 달려갔다.

시부사와도 역시 불타오르는 눈동자를 반짝이며 달렸다.

야차백설과 시부사와가 격돌했다.

흰 칼날이 공기를 스쳤지만, 시부사와가 손으로 때려 부러뜨렸다.

힘도 이능력도, 시부사와에게는 대적할 수 없었다. 그럼에도 아쿠타가와도 교카도, 포기한다는 선택지는 존재하지 않았다.

6-4

　돌로 만든 감옥과도 비슷한 방에서 아쓰시는 멍하니 있었다.

　'나를 죽이고 생명력을 증명해 보인 너의 영혼을…… 자아, 그 반짝임을 보여다오.'

　그렇게 드높이 말하고, 시부사와는 기억의 방에서 모습을 감췄다.

　남은 사람은 아쓰시 혼자였다.

　"생명의 반짝임?"

　가만히 시부사와의 말을 반복했다.

　"생명의 반짝임이 뭔데……. 나에게 생명의 반짝임 같은 건 없어. 안개 탓에 호랑이가 분리되었을 때도, 속으로는 가슴을 쓸어내렸을 정도야. 이것으로 주변을 상처 입히지 않을 수 있다고……. 무서운 호랑이와 나는 다른 생물이라는 게 증명되었다고 하면서……."

　하지만.

　아쓰시의 눈에는 6년 전의 흔적이 비쳤다.

　시부사와를 죽인 과거. 그리고 시부사와에게 살해당할 뻔했지만 살아남은 과거였다.

흉폭한 발톱을 지닌 호랑이는 무섭다. 그것은 틀림없다.

"하지만."

아쓰시는 조용히 중얼거렸다.

"……호랑이는 옛날에 내 목숨을 구했어……."

갑자기 아쓰시의 앞에서 6년 전의 광경이 사라지고, 대신에 길이 나타났다.

길은 어둠에 휩싸여서 그 앞에 무엇이 기다리는지 알 수 없었다.

──그래도.

꾹 입술을 깨물고, 아쓰시는 발을 내디뎠다.

이곳에 머물러 있는 것보다, 어둡더라도 나아가는 편이 낫다고 생각했다.

어딘가에서 호랑이가 으르렁거리는 소리가 들렸다. 어째서인지 지금은 그게 당연하다는 생각이 들었다.

"아무리 걸어도 아무리 도망쳐도 호랑이는 따라와……."

호랑이가 그려진 하얀 문을 열었을 때부터였을까? 아니면 더 전부터였을까.

이능력이 사라진 뒤에도 계속 호랑이는 아쓰시를 쫓아왔다. 붉은 결정체가 박힌 호랑이를 쓰러뜨린 뒤에도, 불러낼 수 없어도 옆에 있었던 것 같은 느낌이 들었다.

옛날에는 호랑이가 자기 안에 있다는 것이 무서웠다. 두려웠다. 하지만 아쓰시는 생각했다.

호랑이는 정말로 두렵기만 한 존재인 걸까.

──아니다. 아마도. 아니, 틀림없이. 두렵기만 한 존재가 아니다. 두려움도 든든함도 포함해, 호랑이는 내 안의 일부이니까.

"심장의 고동에서 도망칠 수 없는 것과 마찬가지로…… 너는 내가 살아가려고 하는 힘이니까."

고개를 들고 어둠을 바라보았다. 호랑이의 포효가 가까워졌다.

"지금은 네 목소리가 잘 들려. 네 말을 잘 알겠어."

자신 안의 호랑이에게 외치고, 아쓰시는 달리기 시작했다. 재촉하듯이 호랑이가 울었다.

아쓰시의 눈동자에 빛이 깃들었다.

"그래, 알아! 모두의 목숨이 불타고 있어!"

잃은 기억에 놀라며 자신의 일부에 휘둘릴 생각은 더 이상 없었다.

"같은 말을 너에게 돌려줄게. 멍하니 있으면 놔두고 간다?"

자신의 일부를 따르게 하듯이 알리고, 그 이름을 불렀다. 그 존재를 불렀다.

"────와라, 백호(白虎)!"

청하는 아쓰시의 손에 대답해, 호랑이가 그 몸을 약동했다.

흰 달빛에 맹호(猛虎)가 포효했다.

6-5

"……."

시부사와가 아쿠타가와의 몸을 지면에 내동댕이쳤다. 아쿠타가와가 받은 충격은 격렬했고, 완전히 마모된 듯이 검은 천으로 만들어진 갑옷이 옅은 빛을 발하며 그 모습을 풀었다. 천마전개가 한계에 달한 것이다.

라쇼몽은 검은 외투로 돌아가 쓰러져 엎드린 아쿠타가와의 몸을 감쌌다.

시부사와가 라쇼몽째로 아쿠타가와의 심장을 꿰뚫으려고 했다.

그 손을 완전히 휘두르기 전에, 야차백설이 시부사와를 베려고 달려들었다.

하지만 시부사와는 당황하지 않고, 처음부터 예감했다는 듯이 야차백설의 칼날을 튕겨 냈다. 그에 더해 반동을 이용해 재빨리 아쿠타가와를 차올렸다.

강렬한 발차기에 날아간 아쿠타가와는 잔해에 격돌했다. 힘을 다 사용한 라쇼몽은 제대로 아쿠타가와를 지키지 못했다. 콘크리트에 내던져져 분진이 떠올랐다.

아쿠타가와의 전신에 찢어지는 듯한 통증이 휘돌았다. 타박,

골절, 내장 손상. 수많은 통증이 뒤섞여, 아쿠타가와는 호흡마저도 제대로 할 수 없었다.

아쿠타가와를 차올리며 크게 움직인 시부사와의 틈을 노리고 칼날을 휘두른 야차백설도 마찬가지였다. 틈은 일부러 만든 것으로, 야차백설을 유인하기 위한 함정이었다.

뻗은 야차백설의 검은 막혔고, 가차 없는 속도로 주먹이 날아왔다.

주먹에 맞은 야차백설이 아쿠타가와와 반대 방향으로 날아갔다. 조금 남아 있던 주변의 빌딩에 야차백설이 부딪쳤고, 떨어진 잔해에 생매장됐다.

시부사와 앞에 남은 사람은 교카 혼자였다.

"너희의 생명의 반짝임…… 확실히 받았다."

시부사와가 자세를 잡는 교카에게 달려들었다.

"앞으로는 내 수집품이 되어 살아가라……."

"!!"

시부사와는 자신의 발톱을 변형시켜, 나이프처럼 뻗었다.

날카롭게 뻗은 다섯 개의 발톱이 교카를 내려치려던 그때.

어디에선가 창백한 섬광이 떨어졌다.

다가오는 기척에 시부사와가 반응했다.

하지만 시부사와가 자세를 잡기 전에, 섬광은 시부사와에게 부딪쳐 굉음을 냈다.

충격파가 발생했고, 지면이 파였다. 폭풍을 닮은 강한 바람을 맞고 교카는 순간적으로 눈을 감았다.

흙먼지가 진정되어 겨우 눈을 뜬 교카 앞에, 유연하고 듬직한 흰 짐승의 그림자가 보였다.

어째서, 하고 교카는 놀라움으로 할 말을 잃었다.

직격을 버티고, 일단 거리를 벌린 시부사와가 입술을 일그러뜨렸다.

"'용호(龍虎)'라, 그 말대로군."

묘하게 즐거워 보이는 얼굴로 시부사와가 말했다.

"네 존재를 나에게 알려 준 러시아인은 말했다. 이능력이 지닌 혼돈, 그 본래의 모습이 바로 용이라고. 그렇다면——."

시부사와가 눈을 가늘게 뜨고 짐승을 봤다.

"백호를 두른 너는 모든 이능력에 저항하는 자구나."

짐승의 그림자가 푸르게 빛나 사람의 모습을 본떴다.

호랑이에서 사람으로 모습을 바꾼 아쓰시가 시부사와의 앞을 막고 있었다.

아쓰시의 모습을 보고 잔해에서 몸을 일으킨 아쿠타가와가 작게 혀를 찼다.

"호랑이 인간 자식, 겨우 온 건가."

교카는 어째서인지, 어딘가 쓸쓸하게 아쓰시를 바라보았다.

시부사와, 아쿠타가와, 교카. 각자가 각자의 표정을 지었지만, 바라보는 상대는 똑같았다.

세 사람의 시선을 모으면서 아쓰시는 반인반호(半人半虎)의 모습으로 시부사와만을 응시했다.

아쓰시의 몸에 있던 상처는 호랑이의 능력으로 이미 치유되었다. 호랑이의 발톱을 준비했다.

"또 나를 죽일 생각인가?" 시부사와가 말했다.

"나카지마 아쓰시."

'또'라는 말에 교카가 어깨를 흔들었고, 아쿠타가와가 살짝 눈을 가늘게 떴다.

하지만 아쓰시 자신은 동요를 보이지 않았다. 죄를 짊어질 각오는 이미 끝냈다.

"있어야 할 것을 마땅히 있어야 할 곳으로 돌려보내는 것뿐이야."

그 말과 함께 아쓰시가 도약했다. 엄청난 속도로 달려들어 시부사와를 후려갈겼다.

"착각하지 마라." 시부사와가 속삭였다.

"비난하는 것이 아니다."

아쓰시가 시부사와의 배를 강타했다. 호랑이의 힘으로 날린 주먹에 시부사와의 몸이 날아가 버렸다. 아쿠타가와를 상대했을 때처럼, 상대의 공격을 투과시킬 틈도 없었다. 시부사와를 받아 낸 지면이 함몰됐다.

"이거야, 이거……."

환희의 목소리를 내면서, 시부사와가 일어섰다.

원래부터 아쓰시는 일격에 시부사와를 쓰러뜨릴 수 있을 거라고는 생각하지 않았다. 추가 공격을 하기 위해 벌어진 거리를 좁혔다.

아쓰시가 달리자, 시부사와가 요격을 위해 자세를 잡았다. 조금 전에 아쓰시가 줬던 피해 따위 마치 없었던 것처럼, 웃음을 띠고 외쳤다.

"역시 넌 특별하다!"

서로의 팔이 교차해, 때리는 소리가 울렸다.

아쓰시의 주먹이 시부사와의 얼굴에 파고들었다.

"하하하! 이미 따분함과는 무관하군!"

시부사와가 크게 웃음을 터뜨리고, 자신을 후려갈긴 아쓰시의 팔을 붙잡았다.

"나는 드디어 삶의 의미를 이해했다!"

"……!"

아쓰시는 시부사와의 손을 뿌리치려고 했지만, 그것보다도 빠르게 시부사와의 발차기에 얻어맞았다.

무릎차기가 아쓰시에게 명중해, 둔탁한 아픔이 휘돌았다. 위력을 감내하지 못하고, 아쓰시는 뒤쪽으로 튕겨 날아갔다.

지면이 깎이고 흙먼지가 피어올랐다.

시부사와에게 차여 날아간 아쓰시를 보고 아쿠타가와가 초조하다는 듯이 이를 갈았다.

"라쇼몽!"

일어서서 시부사와를 노려보는 아쿠타가와의 외투가 굼실거리더니, 짐승의 턱을 지닌 검은 띠가 방사상으로 사출됐다. 몇 가닥에 달하는 검은 짐승의 띠가 시부사와를 덮쳤다.

시부사와가 웃었다.

"무의미하다."

덮쳐 온 검은 띠를 시부사와는 양손으로 붙잡았다. 그리고 그대로 힘껏 끌어당겼다.

"?!"

아쿠타가와가 눈을 부릅떴다. 하지만 이미 늦었다.

라쇼몽은 시부사와에게 붙잡혀 도망칠 수 없었다. 붙잡힌 검은 띠를 뻗어서 다시 시부사와를 덮쳤지만, 시부사와는 모든 것을 되받아치고 붙잡은 검은 띠를 채찍처럼 휘게 만들어 아쿠타가와를 휘둘렀다.

라쇼몽을 조종하는 아쿠타가와의 힘은 시부사와의 힘에 뒤진다.

"넌 약하군."

시부사와가 조롱하듯이 말했다. 동시에 팔을 크게 내려쳤다. 검은 띠 끝에 있던 아쿠타가와가 지면에 내던져졌다.

저편으로 날아가 버렸던 아쿠타가와의 몸이 지면에 부딪쳐 다시 튀어 올랐다.

"야차!"

교카가 외치자, 야차백설이 시부사와에게 덤벼들었다. 고속으로 검을 내려쳤다.

"되풀이해 봐야 마찬가지다."

시부사와는 차갑게 말했다.

키잉! 하고 단단한 소리가 울렸다.

야차백설의 칼은 시부사와의 팔에 막혔다. 야차백설이 곧장 칼을 빼내 몇 번이고 휘둘렀다. 흰 칼날이 번뜩이며 바람을 가르는 소리가 뒤늦게 울렸다.

하지만 시부사와에게는 칼날이 닿지 않았다.

"내가 말한 대로지?"

잔혹하게 웃으며 시부사와가 말했다.

시부사와가 날카롭게 뻗은 발톱을 치켜들었다. 시선은 야차백설이 아니라 그 너머에 있는 교카를 향하고 있었다.

몸이 굳은 교카를 야차백설이 감쌌다.

발톱 공격이 날아들었다.

야차백설이 찢기고 야차백설의 등 뒤에 있던 교카도 튀어 날아갔다.

"백설!"

교카가 비통한 소리를 질렀다. 시부사와에게 베여 야차백설의 모습이 갈기갈기 찢어지며 사라졌다.

마치 소실되어 버린 것처럼.

"이럴 수가——!"

뒤로 날아가면서 교카는 절망으로 눈을 크게 떴다.

교카의 몸이 빌딩의 잔해에 부딪쳤다.

"……!"

순간적으로 교카는 충격에 대비했다. 하지만 아무리 기다려도 통증이 느껴지지 않았다. 대신에 교카는 자신을 안은 팔을 느꼈다.

교카를 안은 사람은 아쓰시였다.

아쓰시는 시부사와에게 발로 차여 지면에 쓰러져서 엎드려 있었지만, 교카의 위기를 눈치채고 필사적으로 달려 돌아왔던 것이다.

──늦지 않아 다행이야.

교카를 붙들고 안은 채로 아쓰시가 어깨로 숨을 내쉬었다.

시부사와의 발톱 공격을 막기에는 시간이 부족했다. 그래서 하다못해 날아가 버린 교카를 안아 충격을 대신 받아 낸 것이었다.

무너지다 만 빌딩이 아쓰시의 등 뒤에서 허물어졌다.

아쓰시는 시부사와를 노려보고 이래저래 생각을 해 보았다.

시부사와는 강하다. 그야말로 사람을 넘은 힘을 지니고 있었다. 아쓰시도 아쿠타가와도 교카도, 시부사와에게는 이길 수 없다.

그렇다면 어떻게 할 것인가.

"……셋이서 힘을 합치지 않으면 우리의 안식처를 지키지 못해."

결의를 담아 아쓰시가 중얼거렸다.

"!"

놀라는 교카와 눈을 맞추고 아쓰시는 물었다.

"한 번 더 야차백설을 부를 수 있지?"

"………."

전율하듯이 교카가 눈동자를 흔들었다.

"교카, 호랑이 인간."

아쿠타가와가 두 사람을 불렀다. 비틀거리는 발걸음으로 일어서, 아쿠타가와는 아쓰시와 교카를 응시했다.

"알고 있겠지……? 뭘 해야 하는지."

아쓰시가 고개를 끄덕였다.

"그래, 알고 있어."

단호히 아쿠타가와에게 알리고 새삼 시부사와와 대치한다.

"교카."

계속 자신을 이끌어 줬던 교카를, 지금은 아쓰시가 등으로 감쌌다. 시부사와와 마주 본 채 아쓰시는 힘차게 속삭였다.

"네가 싫어하고 싶지 않았던 야차백설은 네 말에 반드시 대답해 줄 거야."

확신을 가지고 아쓰시가 말하자, 교카가 번뜩 고개를 든 기척이 났다.

교카의 모습을 등으로 감지하고, 아쓰시는 달리기 시작했다. 소중한 것을 지키기 위해, 우렁차게 외치며 시부사와에게 발톱을 세웠다.

시부사와가 붉은 눈동자를 가늘게 떴다.

"그 풋내도 아름답구나."

격돌.

아쓰시와 시부사와가 다시 대결했다.

참격을 내지르고, 주먹을 피하고, 몸을 움직이고, 틈을 노렸다.

두 사람의 힘은 대등해서 다른 사람은 쉽사리 끼어들 수 없었다.

그래도 이대로 가면 틀림없이 조금 전까지 그랬던 것처럼 아쓰시가 불리해진다.

실제로 아쓰시의 발톱은 빗나갔고, 시부사와의 주먹은 아쓰시에게 적중하기 시작했다.

조금 전처럼 날아가 버리지 않도록 아쓰시는 다리에 힘을 주고 필사적으로 버텼다.

그것을 알았기에, 교카는 강하게 손을 쥐었다. 손안에는 오래된 휴대전화가 있었다.

결심을 한 교카는 목을 울렸다.

그 목소리로 불렀다.

"―――야차백설!!"

아쓰시에게 결정타를 날리려고 상공으로 떠올랐던 시부사와의 등 뒤로 야차백설이 내려섰다.

안개 속에 꽃잎이 날렸다. 아름다운 기모노가 바람에 나부꼈다.

시부사와가 돌아볼 틈도 주지 않았다.

야차백설의 칼날이 시부사와의 가슴을 관통했다.

"!"

야차백설의 검으로 시부사와는 지면에 꽂혔다.

때를 놓치지 않고 아쓰시가 외쳤다.

"아쿠타가와!"

"나에게 명령하지 마라!"

아쿠타가와가 맞대응해 외치면서도 검은 천을 술렁이게 했다.

아쿠타가와의 등에서 수십 개의 검은 칼날이 잇달아 나와 대지를 뚫고, 지면에 꽂힌 시부사와를 향해 갔다.

검은 칼날의 격류는 우리가 되어 시부사와를 가두려고 했다.

우리가 닫히기 직전, 달려온 아쓰시가 미끄러져 들어갔다.

"이제 놓치지 않아."

우리 안에서 아쓰시는 시부사와에게 말했다. 치켜든 주먹으로 시부사와를 꿰뚫었다.

"우오오오오오오!"

격진이 밀려왔다. 격정을 날렸다.

충격이 주먹에 전해져 시부사와가 날아가 버렸다.

몇 번이고, 몇 번이고, 아쓰시는 반복해서 주먹을 휘두르고 발톱을 세웠다.

뼈가 부서져, 시부사와의 입매에서 피가 번졌다.

괴로워 뒹굴면서 시부사와가 크게 웃음소리를 냈다.

"이거다……. 이거야."

시부사와가 거리를 좁혀 아쓰시의 턱을 차올렸다.

"!"

아쓰시의 뇌가 흔들려 현기증이 났다.

"죽어서도 느끼는 이 환희……."

비틀거리는 아쓰시에게 시부사와가 외쳤다.

"너에게도 전달되는가?!"

시부사와의 이마에 있는 뿔 같은 결정체가 강하게 빛났다.

결정체에서 발해진 붉은빛이 광선이 되어 라쇼몽의 우리를 찢었다.

칠흑의 우리에서 만들어진 선명한 빛은 세계를 붉게 물들였다.

그리고 충격파가 발생해 우리 밖에 있던 아쿠타가와와 교카까지 압도했다. 날아가 버리지 않도록 지면을 붙잡고 있는 것이 고작이었다.

정신을 차려 보니, 주변의 붉은 안개를 모은 시부사와가 아쓰시와 자신을 붉은 광구로 뒤덮고 있었다.

이번엔 시부사와가 아쓰시를 놓치지 않겠다고 말하듯이.

"모든 이능력에 저항하는 그 반짝임을 한 번 더 나에게 보여다오!"

시부사와의 결정체가 다시 붉게 빛났다.

강하고 강한 붉은빛.

빛을 맞으며, 아쓰시의 몸이 천천히 형태를 바꾸어 갔다.

강인한 탄력이 사라지고, 흰 털에 덮인 강력한 팔다리가 원래대로 돌아왔다. 그리고 날카로운 발톱도 사라졌다.

호랑이의 힘이 사라져 갔다.

대신에 아쓰시의 몸에서 떠오른 것은 창백한 이능력 결정체였다.

"자아! 그 이능력을 나에게!"

시부사와가 결정으로 손을 뻗었다.

──빼앗긴다.

6년 전과 마찬가지였다. 격심한 통증이 아쓰시를 덮쳤고, 상실감에 침식당했다.

하지만 건네줄 수는 없다!

"아름다워……."

시부사와가 크게 감탄했다.

"이거야말로 최고의 이능력이다."

"아냐!"

아쓰시가 큰 목소리로 외쳤다. 영혼을 담아 선언했다.

"그건 이능력이 아냐. 나 자신이다!"

전력을 다해 저항하며 필사적으로 손을 뻗었다.

아쓰시의 손이 창백한 이능력 결정체를 붙잡았다.

"!"

손바닥에서 열이 전해졌다. 빼앗길 뻔했던 힘이 전신에 돌아왔다.

푸른빛은 아쓰시를 감쌌고 다시 백호를 깃들게 했다.

발톱이 늘어나며 짐승의 털로 뒤덮였고, 호랑이의 힘이 넘치기 시작했다. 몸에 익숙한 백호의 힘.

아쓰시는 그대로 시부사와의 머리를 양손으로 때려서 찌부러뜨리려고 했다.

하지만 시부사와의 양손이 아쓰시를 막았고, 둘은 서로의 팔을 붙잡았다.

"큭……!"

서로의 힘이 대항하며 싸웠다. 근육이 비명을 질렀고, 팔이 삐걱거렸다.

한계까지 힘을 서로 내어, 얽힌 손이 작게 흔들렸다.

지근거리에 있는 시부사와의 얼굴을 아쓰시는 강하게 노려보았다.

"……지금 모든 것을 이해했다."

아쓰시와 비슷하게 필사적인 얼굴로 시부사와가 중얼거렸다. "네가 이곳에 있는 것도, 네가 내 앞에서 나타난 이유도. 그리고 그 남자가 한 말의 진의도!"

기백이 압력이 되어 안개를 소용돌이치게 했다.

아쓰시의 눈동자는 시부사와만을 응시했다.

금이 가듯이, 시부사와를 침식하는 그림자가 있었다.

"네가……."

검은 그림자에 침식당하면서 시부사와가 웃었다.

"네가 나를 구제할 천사인가——……."

아아, 하고 시부사와가 소리를 내자 그의 얼굴 상처가 안쪽에서부터 빛났다.

너덜너덜한 시부사와의 몸이 무너져 그림자에 삼켜졌다.

아름다운 용모도, 흰 피부도, 모든 것이 소실되었다.

긴 백발 한 가닥조차도 남지 않았다.

모든 것이 빛과 그림자에 녹아 버렸다.

아쓰시에 손에 남은 것은 해골뿐이었다.

호랑이의 발톱 자국이 난 해골. 6년이나 전에 죽은 남자의 단순한 뼈에 지나지 않았다.

하지만 아쓰시는 힘을 늦추지 않았다.

모든 모순을 완전히 지우듯이. 과거를 과거로 되돌리듯이. 아쓰시는 해골을 찌부러뜨렸다.

다시는 이런 일이 일어나지 않도록.

뼈가 깨졌다. 해골이 부서졌다.

한 조각도 허용치 않고 분쇄했다.

으깨진 해골이 드디어 빛의 입자가 되었다.

인광이 퍼지고, 아쓰시의 손에서 푸른빛이 생성됐다.

빛은 아쓰시를 중심으로 확대되어 시부사와가 만든 안개를 집어삼켰다.

독살스러운 붉은 안개가 사라지고, 동트기 전의 요코하마에 푸른빛이 확대되어 갔다.

모든 것을 정화하는 듯한 아름다운 빛이었다.

빛이 모든 붉은 안개를 다 지워 버렸을 즈음에는 어둠이 옅어져 있었다.

하늘을 보니 동쪽이 하얘지기 시작했다.

──길었던 밤이 끝나고 아침 해가 뜨려고 했다.

손안에서 만들어진 푸른빛을 끝까지 확인하고, 아쓰시는 살짝 지상으로 내려섰다.

후우 숨을 내쉬고, 걱정스러워하는 교카에게 미소를 지어 주었다. 굳었던 교카의 표정이 천천히 누그러져 갔다. 아무 말도 하지 않고 떠나는 아쿠타가와의 등이 시야의 끝에서 보였다.

"──특이점 및 안개 소실을 확인."

이능력 특무과의 통신실에서 아오키의 떨리는 목소리가 울렸다.

순간의 침묵 뒤, 전원이 와앗 하고 환성을 질렀다.

안고 역시 무심코 안도의 한숨을 내쉬었다. 몸에서 힘이 빠져 의자에 주저앉았다.

마음을 놓은 듯한 오퍼레이터의 목소리가, 시계탑의 종기사가 작전을 중지한다고 연락했습니다──라고 알렸다.

같은 날, 같은 시간.

중후하고 전통적인 가구에 둘러싸여 섬세한 자수가 놓인 소파에 걸터앉은 여성이 보고를 받고 "아쉽네." 하고 중얼거렸다.

우아한 손놀림으로 백자 티컵을 들어 올렸다.

"나라가 불타는 냄새는 홍차와 잘 어울리는데."

차분한 음성으로 애거서가 속삭였다.

서늘한 시선이 살짝 호박색의 수면으로 떨어졌다.

안개가 걷힌 요코하마를 아침 해가 천천히 비추었다.

폐허처럼 변한 빌딩가에, 대량의 차가 멈춰선 도로에, 쥐 죽은 듯이 조용한 패스트푸드 가게에, 사람의 모습이 돌아왔다.

그리고 주검성채의 터에는 검은 외투를 입은 단신의 인물이 무언가를 찾듯이 방황 중이었다. 아쓰시 일행의 곁을 아무 말 없이 떠난 아쿠타가와였다.

그런 아쿠타가와에게, 잔해 그늘에서 누군가가 말을 걸었다.

"이런 곳에서 뭘 하는 거지?"

난폭한 말투에 아쿠타가와가 눈을 돌리니, 그곳에는 앉아 있는 추야의 모습이 있었다. 아쿠타가와가 모르는 사이에 상당히 무리를 한 듯, 트레이드마크인 모자가 보이지 않았다.

아마도 근처에 떨어져 있겠지.

추야는 나른한 모습을 보여 주면서, 아쿠타가와의 마음을 꿰뚫어 본 것처럼 말했다.

"다자이 그 멍청이라면 무사하다."

"………."

아쿠타가와가 갑자기 자세를 바로 잡고 가볍게 인사했다.

곧장 떠나려고 하는 아쿠타가와에게 추야는 "이봐." 하고 다시 말을 걸었다.

"어깨 좀 빌려줘라."

씨익 웃고, 그렇게 말을 건넸다.

햇빛과 함께 시부사와의 안개로 인해 일어난 비정상적인 것들이 조금씩 원래대로 되돌아갔다.

　무장 탐정사가 입주한 빌딩에는 에도가와 란포가 무사태평한 모습으로 천천히 걷고 있었다.

　"이능력이 없는 내가 이곳에 돌아왔다는 것은 잘 풀렸다는 말이구나."

　회사 안은 엉망이어서 의자나 서류가 여기저기에 굴러다녔다. 금고 안쪽 정도가 무사할 뿐이었다.

　란포는 금고에서 막과자를 꺼내 먹으며, 블라인드 너머의 태양을 바라보았다.

　"아쓰시도 꽤나 발전했는걸? 응? 다자이."

　뚝하고 막과자가 부러지는 소리가 났다.

　란포의 질문에 대답해야 할 남자는 지금 아쓰시 일행에 합류하려는 중이었다.

　──이것으로 전부 끝났다.

　교카와 함께 잔해의 산이 된 주검성채를 바라보면서 아쓰시는 생각했다.

　밤중에는 알기 어려웠지만, 아침 해 아래에서 보니 거리가 상당히 황량했다. 그런 일이 있었으니 당연하다.

하지만 더 심해지기 전에 끝나서 다행이다. 적어도 소중한 사람은 지킬 수 있었다는 사실에 아쓰시는 내심 가슴을 쓸어내렸다.

문득 뒤에서 접근하는 발소리가 들렸다.

교카와 둘이서 동시에 돌아보니, 모래색 긴 외투를 두른 다자이가 걸어오고 있었다.

상당히 오랜만인 것처럼 느껴져, 아쓰시는 가만히 다자이의 얼굴을 바라보았다.

"아쓰시."

조용한 표정으로 다자이가 말했다.

"이번에, 나는 말이지──."

"다자이 씨는 이 도시를 지키려고 한 거죠?"

다자이가 무언가를 말하기도 전에 아쓰시는 얼굴을 누그러뜨렸다. 자연히 따뜻한 마음이 가슴에서 넘쳐 났다. 놀랐다는 듯이 다자이가 얼굴을 복잡하게 일그러뜨렸다.

"내가 그런 일을 할 착한 인간으로 보이나?"

다자이의 말에 아쓰시는 어리둥절하게 눈을 깜빡였다.

아쓰시가 보기엔 일목요연하다. 의심할 여지도 없다. 다자이에게 질문을 받는 의미조차 알 수 없었다.

그래서 아쓰시는 솔직하게 고개를 끄덕이며 대답했다.

"보이는데요⋯⋯."

한순간, 다자이가 살짝 놀랐다.

이윽고 어이없다는 듯이, 하지만 다정하게 쓴웃음을 지었다.

"아무튼 좋아."

그렇게 중얼거리고, 다자이는 다시 걸음을 내디뎠다. 아쓰시 일행에게서 등을 돌리고, 수평선 저편으로 시선을 돌렸다.

"……그 사람이 마지막에 따분함과 고독을 메울 수 있었으면 좋겠네만."

"너는 이래도 정말 괜찮아?"

아쓰시에게 질문한 사람은 교카였다.

걱정스러운 듯한 교카의 질문에, 아쓰시는 살짝 눈을 아래로 내렸다. 교카가 하는 말의 의미는 이해했다.

그렇기에 아쓰시는 주의 깊게 말을 골라 이었다.

"……한번은 죽인 기억을 잊어버렸던 것처럼, 다시 한번 과거를 덮어 두는 일도 가능하지 않을까 해. 하지만."

말을 끊고 아쓰시는 고개를 들었다.

"이걸로 충분해."

자신의 마음을 자신의 말로 표현하는 아쓰시의 눈에는 확고한 의지의 빛이 깃들어 있었다.

"적어도 지금은 모두와 도시를 지켜서 자랑스럽게 생각하고, 그렇게 교카나 모두의 옆에서 살아가는 편이…… 다소나마 멋지다고 생각하니까."

"……."

걱정스러워 보였던 교카의 얼굴이 안심했다는 듯이 풀려 갔다.

어깨너머로 아쓰시 일행을 지켜보던 다자이가 살짝 미소 지었다. 무언가를 그리워하듯이, 그러면서도 아쓰시다운 모습을 기뻐하듯이.

두 사람의 미소가 전염된 듯이 아쓰시의 얼굴에도 웃음이 떠올랐다.

그곳에 많이 들어 익숙한 목소리가 들려왔다.

"이좌시이이익!"

살아 있었냐, 이 벽창호! 하고 외치는 구니키다의 목소리였다.

몸을 돌려 돌아보니, 무장 탐정사 멤버가 모두 같이 걸어오고 있었다.

무슨 일이 있었는지 지쳐서 고개를 숙인 다니자키. 손을 흔드는 구니키다. 힘차 보이는 겐지. 당당한 태도의 요사노. 그리고 차분한 모습으로 조용히 걷는 후쿠자와.

요코하마의 밝은 경치 속에서 모두의 얼굴이 눈부시게 보였다.

모두도 무사했구나, 하고. 마음이 놓여 중얼거리자, 다자이가 당연하지, 하고 대답했다.

"우리는 '무장' 탐정사잖아?"

여유가 넘쳐흐르는 미소로, "안 그래?"라고 물어서——.

——아쓰시는 얼굴 가득 미소를 지으며 고개를 끄덕였다.

"네!"

에필로그

羅生門

月下獣

独歩吟客

夜叉白雪

雨ニモマケズ

超推理

悲しみに

汚れつちまつた

罪と罰

人間失格

人上人不造

君死給物

붉은 안개가 낀 밤이 있은 지 며칠이 지나, 요코하마의 거리에는 평온이 되돌아오고 있었다.

일하러 가는 직장인이나 즐거워 보이는 부모님과 아이, 웃음을 나누는 학생들의 목소리가 혼잡한 곳에서 들려왔다.

하지만 이능력 특무과는 아직도 사건 처리가 끝나지 않았다.

"이 정도 사건이 일어났는데 일반 시민에게 피해가 나오지 않은 것은 불행 중 다행이었습니다."

지령석에서 중얼거린 안고는 문득 근처 데스크에 앉은 부하의 움직임이 수상하다는 사실을 깨달았다.

부하인 츠지무라는 근무 중인데도 불구하고 꾸벅꾸벅 졸고 있었다. 츠지무라의 머리가 액정 화면에 부딪치더니, 눈을 뜬 건지 비명을 질렀다.

"흐악…… 아야!"

안고는 한숨을 쉬면서 손에 든 파일을 펼쳤다.

"일을 해 주십시오, 츠지무라. 아직 철야 4일째입니다."

안고의 책상에는 빈 영양 드링크 병이 몇 개나 늘어서 있었다. 『DEAD APPLE 보고서』라고 적힌 파일이 서류의 산 위에 놓여 있었다.

"무리예요~. 정보 통제라니……. 커다란 게 그만큼이나 도시를 부숴 버렸잖아요."

츠지무라가 한탄했지만, 안고는 대답하지 않았다. 포기하고 졸린 눈을 비비며 일을 재개했다.

"……선배."

츠지무라가 안고에게 고개를 돌렸다.

"결국 이번 사건은 뭐였던 걸까요?"

"모릅니다."

안고는 파일을 내려다보며 대답했다.

"주모자 세 사람의 복잡한 의도가 얽혀서 아직 전체적인 그림도 파악하지 못했습니다. 다자이 씨는 평소처럼 얼버무리고 있고, 마인 표도르의 동기 등은 읽고 싶어도 읽을 수 없습니다."

담담하게 이어가는 안고의 말에 거짓은 없었다.

"하지만……."

말을 멈추고, 안고가 파일에서 시선을 들었다. "모든 책략이나 서로의 속임수를 제거하면, 의외로 근본은 단순한 사건인지도 모르겠군요."

"네?"

츠지무라가 고개를 갸웃했다.

"두 사람 모두 자신과 비슷한 사람을 보러 왔을 뿐, 인지도 모릅니다……."

안고의 뇌리에 떠오른 것은 옛 절친의 모습이었다.

"다른 사람이 외계인처럼 보일 정도의 초인적인 두뇌. 그것을 지닌 시부사와가 어떻게 행동하고, 어떻게 멸망하는가. 또는…… 구원받는가."

어딘가 감상적인 울림을 담아 안고가 중얼거렸다.

"세계에 단 세 사람뿐인 외계인. 그 괴리와 고독……. 우리는 상상도 안 가지만 말입니다."

쓴웃음을 짓고, 안고는 얼버무리듯이 츠지무라를 바라보았다.

하지만 속이려고 했던 상대는 어째서인지 안고 앞에서 발견할 수 없었다.

조금 전까지 이야기를 진지하게 듣고 있었던 츠지무라는 어디로 사라진 거지?

"……츠지무라?"

일어선 안고가 본 것은 책상에 엎드려 기분 좋게 숙면을 취하는 츠지무라의 모습이었다.

전면 유리인 넓고 청결한 공간에서는 투명한 푸른 하늘이 보였다.

포트 마피아 보스의 집무실. 아무나 들어올 수 없는 방에서 추야는 의연히 서 있었다. 보스, 모리 오가이에게 추야가 물었다.

"보스는 이번 일의 구조를 눈치채고 계셨습니까?"

소박한 의문을 던지는 추야에게 오가이는 너그럽게 대답해 주었다.

"다자이가 단독으로 움직이고 있다면 자네의 힘이 필요해질 거라 생각했지. 맨 처음에 말이네."

"저는 극 초반의 조연이란 말씀이신가요?"

"주인공을 결정하는 사람은 다자이야."

사소한 일이라는 듯이 오가이가 말했다.

추야가 물었다.

"그런데 그 보상은 무엇이죠?"

오가이의 눈동자가 날카롭게 빛났다. 그리고는 추야에게 단정적인 말로 알렸다.

"이 도시의 질서 탈환."

오가이의 말에 추야가 소탈한 미소를 지었다.

"즉, '이 도시의 평화' ……라는 말씀이십니까?"

창밖을 비행기구름이 가로질렀다. 갈매기가 나는 모습이 보였다.

오가이는 위로를 담아 추야를 보고 웃었다. "수고했네."

"별말씀을요."

추야가 가볍게 말했다.

"보스의 명령이라면 일이니까요."

기분 좋은 구두 소리를 내며 추야는 집무실을 떠났다.

무거운 문이 닫히자, 정연한 공간이 다시 집무실에 찾아왔다.

비행기구름이 가로지르는 푸른 하늘 아래, 표도르는 빌딩 옥상에서 요코하마의 거리를 내려다보았다.

눈부시게 아름다운 고층 빌딩과 벽돌로 만들어진 중후한 건축물이 혼재하는 항만 도시 요코하마.

많은 생명이 도시를 채우고, 죄와 벌에 허덕인다.

"저도 이 도시가 좋아졌습니다……."

손에 든 사과를 표도르가 깨물었다. 싱그러운 물방울이 섬세한 손가락을 타고 떨어졌다.

"다들 다음번까지 얌전히 지내렴."

유혹 같은 말을 혀에 올렸다.

그의 목소리가 누구에게 도달했는지는 아직 아무도 모른다.

"알겠나? 의뢰인에게 실수하지 않도록!"

구니키다의 진지한 목소리가 무장 탐정사의 사무실에 울렸다. 다자이가 재미있어 하며, "구니키다는 우리 탐정사의 어머니구나." 하고 훼방을 놓았다. 쉽게 도발당한 구니키다가 단말을 만지면서도 다자이의 말을 물고 늘어졌다.

다자이는 여전히 완전 자살 독본이라고 하는 책을 읽으면서 구니키다를 적당히 상대하며 말했다.

"아무튼 둘 다, 무리하지는 말고."

구니키다와 다자이의 목소리를 듣고 걸어가는데, 사장이 말을 걸었다.

"……다녀와라."

차분한 목소리에 듬직함을 느끼면서 시선을 움직여 보니, 후쿠자와 앞에 앉은 란포가 눈에 들어왔다. 란포는 평소대로 막과자를 먹으며 게임에 열중하고 있었다.

신경 쓰지 않고 몸을 출구 쪽으로 돌리자, 사무일을 하는 다니자키 일행과 눈이 마주쳤다.

온화한 미소를 짓는 다니자키 맞은편에는 언제나 그렇듯 나오미가 있었고, 화분을 소중하게 안고 웃는 겐지와 나른하다는 듯이 있으면서도 이쪽을 봐 주는 요사노의 모습이 보였다.

"조심해서 다녀오세요."

나오미가 부드러운 목소리로 배웅했다.

무수한 욕망이 교차하고, 수많은 음모가 얽히는 나날들.

그렇기에 아쓰시는 교카와 함께 무장 탐정사에서 일을 계속한다.

이곳은 아쓰시가 지켜야 할 안식처이니까.

아쓰시는 교카의 손을 잡고 미소를 지었다.

"그럼, 다녀오겠습니다!"

후기 ―원작자: 아사기리 카프카

여러분 오랜만입니다. 원작 만화, 문호 스트레이독스의 이야기를 생각하는 담당, 아사기리입니다. 『문호 스트레이독스 DEAD APPLE』 공식 노벨라이즈, 즐겁게 읽으셨는지요?

이 소설은 문호 스트레이독스에서 많은 '처음'이 가득한 이야기입니다.

첫 극장판, 첫 원작 없이 제로에서 만들어진 애니메이션 오리지널 스토리. 그리고 그 첫 노벨라이즈. 그에 더해 첫 소설 본문을 저, 아사기리가 아닌 선생님(이와하타 히로 선생님)이 집필해 주신 작품입니다.

저는 '처음'이 좋습니다.

첫 시도, 첫 매체. 최초의 노벨라이즈도, 최초의 드라마CD 각본도, '처음이니까 하고 싶어'라는 이유로 흔쾌히 수락했습니다. 모르는 영역에 손을 댄다, 해 본 적 없는 것을 해 본다. 작가로서 그만큼 두근거리는 체험은 없습니다(한편, 작가 활동 이외의 실제 생활에서는 아르마딜로처럼 소극적이고, 하루 종일 고타쓰에서 나오지 않는 사람이라는 것을 덧붙여 둡니다).

그렇기에 처음투성이인 이 서적이 완성될 때까지의 과정은 매우 즐거웠습니다. 이야기의 중요한 골자에 대해 이와하타 히로 선생님과 회의하고, 에센스를 전달하고, 처음으로 자신 이외의 사람이 쓴 「소설 문호 스트레이독스」의 세계를 만끽하고, 꼭 필요한 부분에는 아주 살짝 손을 대고, 그리고 지금 이렇게 여러분께 이야기를 보여 드리고 있습니다. 이와하타 히로 선생님, 어렵고 신경을 써야 하는 이 작품의 담당을 흔쾌히 수락해 주시고, 집필해 주셔서 감사합니다. 덕분에 '이것이야말로 DEAD APPLE의 정통 노벨라이즈다!' 라고 가슴을 펴고 말할 수 있는 작품을 세상에 내놓을 수 있었던 것이 아닌가 생각합니다.

각설하고, 이 DEAD APPLE이라는 이야기에 대해 조금만 해설을 하겠습니다.

시간 순서상으로는 애니메이션 24화 후, 즉, 길드와의 전쟁 종결 후, 만화로 말하면 9권과 10권 사이에 위치하는 이야기입니다. 스토리 각본 자체는 애니메이션 문호 스트레이독스 팀, 이가라시 감독님과 각본을 담당하신 에노키도 씨가 주축이 되어 만드셨지만, 이야기의 기획부터 플롯 전개, 집필까지 꽤 많은 부분에서 저 아사기리가 각본 협력으로서 참가하였습니다 (DEAD APPLE이라는 타이틀을 맨 처음에 제안한 사람도 저입니다).

숙소를 잡아 합숙을 하며, 저와 감독님과 에노키도 씨(와 프로듀서와 편집자)가 일어나면 집필, 밥을 먹고 집필, 이것도 아니고 저것도 아니고 하는 의견을 내어, 표도르는 이런 녀석입니다라고 제가 한바탕 강조하고, 다 같이 컵라면이나 야키소바를 먹고, 누군가가 꾸벅꾸벅하면 깨우지 않으려고 작은 목소리로 논의를 하고⋯⋯. 그런 회의를 거쳐 이 이야기가 완성되었습니다. 이것도 역시 '처음' 하는 방식이라 매우 즐거운 체험이었습니다.

이 작품에서 반대로 원작이 영향을 받은 것도 많이 있었고, 앞으로도 이 '처음'은 이후의 일을 할 때 계속 영향을 줄 것이라 생각합니다.

만드는 쪽이 그런 마음으로 엮은 이야기입니다. 부디, 읽는 여러분에게도 마찬가지로 좋은 영향을 주는 작품이기를.

마지막이 되어 버렸지만, 이 책의 간행에 있는 힘을 다해 주신 제작위원회 여러분, 편집 담당이신 시라하마 님, 멋진 일러스트를 곁들여 주신 간지이 님, 그리고 무엇보다 집필을 해 주신 이와하타 히로 님, 정말 감사합니다.

그러면 또 다음 '처음'으로 만나 뵙겠습니다.

아사기리 카프카

후기 —이와하타 히로

처음 뵙겠습니다. 이번에 문호 스트레이독스의 영화, 「DEAD APPLE」 노벨라이즈를 집필한 이와하타 히로입니다.

원래 문스독의 만화도 소설도 애독하던 저로서는 이번 노벨라이즈 이야기를 들었을 때, 기쁘기도 했지만 동시에 무척 긴장했습니다. 진심으로 편집자에게 속아 넘어간 것이 아닌가 의심했을 정도로요.

내가 해도 되는가 싶어 상당히 고민하면서도, 사랑하며 지지해 주신 팬 여러분이 받아들이실 수 있는 작품을 만들자! 라고 기합을 넣고 임했습니다.

집필하게 되어 정말 영광입니다! 진심으로 감사합니다!!

또 회의를 할 때는 놀랍게도 아사기리 카프카 선생님에게 직접 많은 이야기를 들을 수 있었습니다!

이번 이야기의 배경이나 아쓰시 일행의 생각 등, 들으면 들을수록 아사기리 선생님이나 제작위원회 여러분이 공을 들인 완성도나 열정에 감동해서……! 개인적으로는 이게 가장 큰 추억입니다!

그래서 이 감동을 소설판에서 전달드리기 위해 아사기리 선생님의 말씀을 전부 다 담으려고 했습니다.

그에 더해 아사기리 선생님의 감수하에 각본을 소설화했기 때문에, 영화와 대사가 다른 장면도 어느 정도 있습니다. 영화와 비교해 보시는 것도 재미있을지 모릅니다!

영화와 함께 이 소설도 즐겨 주셨으면 기쁘겠습니다.

아사기리 선생님, 하루카와 산고 선생님, 각본 담당이신 에노키도 님, 이가라시 감독님을 비롯한 제작위원회 여러분, 멋진 일러스트를 그려 주신 간지이 선생님, 그리고 이 책을 구입해 주신 여러분, 다시 한번 감사합니다!

이와하타 히로

Special Thanks
〈감수 협력〉

원작&각본협력	아사기리 카프카
만화	하루카와 산고
감독	이가라시 타쿠야
각본	에노키도 요지
캐릭터 디자인&총작화감독	아라이 노부히로
미술감독	콘도 유미코

문호 스트레이독스 DEAD APPLE

2019년 03월 25일 제1판 인쇄
2023년 06월 20일 제2쇄 발행

지음 이와하타 히로 | **일러스트** 간지이 | **옮김** 문기업

발행 영상출판미디어(주)
등록번호 제 2002-000003호
주소 07551 서울특별시 강서구 양천로 570 NH서울타워 19층
대표전화 02-2013-5665

ISBN 979-11-319-9775-8

Bungo Stray Dogs DEAD APPLE
ⓒ2018 Kafka ASAGIRI, Sango HARUKAWA/KADOKAWA/Bungo Stray Dogs DA Partners
First published in Japan in 2018 by KADOKAWA CORPORATION, Tokyo.
Korean translation rights arranged with KADOKAWA CORPORATION, Tokyo.

이 책의 한국어판 저작권은 영상출판미디어(주)에 있습니다.
저작권법으로 한국 내에서 보호를 받는 저작물이므로 무단 전재와 무단 복제를 금합니다.

구매 시 파손된 도서는 구매처에서 교환하실 수 있습니다.
기타 불편사항, 문의사항이 있으신 독자님께서는 노블엔진 홈페이지 [http://novelengine.com] 에서
Q&A 게시판을 이용해 주시기 바랍니다.

 노블엔진(NOVEL ENGINE)은 영상출판미디어(주)의 라이트노벨 및 관련서적 브랜드입니다.

헤매고, 발버둥치고, 외쳤다. 왜냐하면 나는 살고 싶었으니까.
요코하마를 덮은 안개 속에서, 무시무시한 악몽이 태어난다!

문호 스트레이독스
DEAD APPLE
1

세계 각국에서, 이능력자가 잇달아 자살하는 괴사건이 발생했다.
현장에는 모두 불가사의한 「안개」가 발생.
사건에 관여한 것으로 의심되는 남자의 이름은 시부사와 다쓰히코.
「컬렉터」라고 불리는, 수수께끼에 휩싸인 이능력자였다.
그에 더해 다양한 사건에 암약하는 마인·표도르의 모습도 언뜻언뜻 보이는데…….
요코하마가 무시무시한 악몽에 휩쓸리려 하고 있다──.

「문호 스트레이독스」 시리즈
첫 번째 극장판 애니메이션의 만화화 시동!!

©Gun_Zi 2018
©2018 Kafka ASAGIRI, Sango HARUKAWA/
KADOKAWA/Bungo Stray Dogs DA Partners
KADOKAWA CORPORATION

간지이 만화 / 문호 스트레이독스 데드 애플 제작위원회 원작

NOENCOMICS

애니메이션 1기와 2기 내용을 다룬
공식 가이드북이 등장!

문호 스트레이독스
공식 가이드북 개화록&심화록

TV애니메이션 「문호 스트레이독스」 완전 독본이 등장했다!

나카지마 아쓰시, 다자이 오사무를 비롯한 캐릭터의 궤적을 자세히 분석한 스토리 해설,

세계를 채색하는 미술 설정. 이 책에서만 읽을 수 있는 상세한 설정 소개 등의 내용이 가득하다.

치밀하게 구축된 「문호 스트레이독스」의 세계를 더욱 깊이 즐기기 위한 공식 가이드북이 합본으로!

제1기를 다룬 「개화록」과 제2기의 암흑시대 편, 길드 편을 다룬 「심화록」을 함께 소장할 수 있는 기회!

제작진×성우×원작자들의 토크, 대담도 가득 담긴
문호 스트레이독스 애니메이션의 모든 정수가 바로 여기에!

© 2017 Kafka ASAGIRI, Sango HARUKAWA/KADOKAWA/
Bungo Stray Dogs Partners
© Kafka ASAGIRI 2017 © Sango HARUKAWA 2017
©KADOKAWA CORPORATION 2017, Printed in Japan

아사기리 카프카, 하루카와 산고 원작 / 문호 스트레이독스 제작위원회